CB051187

KNOCKNASHEE, A COLINA DAS FADAS

Deirdre Kinahan

KNOCKNASHEE, A COLINA DAS FADAS

Organização e introdução
Beatriz Kopschitz Bastos

Tradução e posfácio
Beatriz Kopschitz Bastos
Lúcia K. X. Bastos

ILUMINURAS

Título original
Knocknashee

Capa e projeto gráfico
Eder Cardoso / Iluminuras

Imagem de capa
Crepúsculo, Samuel Leon,
São Paulo, 2018
[Óleo sobre tela 100 cm x
90 cm], detalhe modificado
digitalmente.

Preparação de texto
Jane Pessoa

Revisão
Eduardo Hube

Este livro segue
as novas regras do
Acordo Ortográfico da
Língua Portuguesa.

CIP-BRASIL. CATALOGAÇÃO NA PUBLICAÇÃO
SINDICATO NACIONAL DOS EDITORES DE LIVROS, RJ
K63k

Kinahan, Deirdre, 1968-
Knocknashee, a colina das fadas / Deirdre Kinahan ; organização e introdução Beatriz Bopschitz Bastos ; tradução e posfácio Beatriz Kopschitz Bastos, Lúcia K. X. Bastos. - 1. ed. - São Paulo : Iluminuras, 2025.
144 p. ; 21 cm.

Tradução de: Knocknashee

ISBN 978-655519-258-2

1. Teatro irlandês. I. Bastos, Beatriz Kopschitz. II. Bastos, Lúcia K. X. III. Título.

25-97692.0 CDD: Ir822
CDU: 82-2(417)

Meri Gleice Rodrigues de Souza - Bibliotecária - CRB-7/6439

ILUMINURAS
desde 1987

Rua Salvador Corrêa, 119 | Aclimação, São Paulo/SP
04109-070 | Telefone: 55 11 3031-6161
iluminuras@iluminuras.com.br
www.iluminuras.com.br

SUMÁRIO

INTRODUÇÃO

Beatriz Kopschitz Bastos

Personagens com deficiências povoam o teatro irlandês moderno e contemporâneo. Este livro integra um projeto que oferece ao leitor uma seleção de peças irlandesas com protagonismo de pessoas com deficiências, traduzidas para o português do Brasil: *O poço dos santos* (*The Well of the Saints*, 1905), de John Millington Synge; *O aleijado de Inishmaan* (*The Cripple of Inishmaan*, 1997), de Martin McDonagh; *Knocknashee, a colina das fadas* (*Knocknashee*, 2002), de Deirdre Kinahan; *Controle manual* (*Override*, 2013), de Stacey Gregg; *Luvas e anéis* (*Rings*, 2010) e *Padrão dominante* (*Mainstream*, 2016), ambas de Rosaleen McDonagh.

O projeto insere-se na pesquisa orientada pela prática desenvolvida no Núcleo de Estudos Irlandeses da Universidade Federal de Santa Catarina, em associação com o Humanities Institute de University College Dublin, considerando a representatividade de pessoas com deficiências no teatro. A expressão "pesquisa orientada pela prática" refere-se "à obra de arte como forma de pesquisa e à criação da obra como geradora de entendimentos que podem ser documentados, teorizados e generalizados" (Smith e Dean, 2009, p. 7, minha tradução). O projeto contempla produções artísticas, além de pesquisa teórica, traduções, publicações e eventos acadêmicos.

Assim, em 2023, celebrando vinte anos de fundação, a Cia Ludens, companhia de teatro dedicada ao teatro irlandês, dirigida por Domingos Nunez, em parceria com o Núcleo de Estudos Irlandeses da UFSC e a Escola Superior de Artes Célia Helena, coordenada por Lígia Cortez, promoveu um ciclo de leituras com o tema "Teatro irlandês, protagonismo e deficiência", bem como a montagem de *Luvas e anéis*, de Rosaleen McDonagh, em tradução de Cristiane Bezerra do Nascimento. A peça cumpriu uma temporada no Sesc Santana, em São Paulo, em novembro de 2023, e uma turnê em seis cidades do interior de São Paulo, também com o Sesc, em 2024 e 2025. Vale dizer que, além de contar com produções de peças irlandesas e de um texto de autoria de Nunez em seu catálogo, a Cia Ludens realiza ainda ciclos de leituras e encenações online. Desde 2003, a companhia tem se apresentado em São Paulo e viajado em turnê pelo Brasil — e até para a Irlanda!

Veicular peças irlandesas de excelência artística com o tema do protagonismo de pessoas com deficiências, explorar as diferentes estéticas dramatúrgicas dessas peças e fomentar conexões com o contexto sociocultural do Brasil contemporâneo, contando com a participação de pessoas com deficiências na elaboração das publicações e na realização das produções, na condição de autores, tradutores, diretores, atores e equipe de criação, são alguns dos objetivos desse projeto.

Quanto à pesquisa teórica, privilegiou-se a crítica sobre teatro e deficiência. A leitura e discussão de textos tratando do tema permitiram um olhar mais abrangente sobre o assunto, para além das peças selecionadas, que possibilitasse a formulação de objetivos específicos, gerando reflexões sobre capacidade, acessibilidade e diversidade.

Kirsty Johnston, em *Disability Theatre and Modern Drama* (2016, p. 35), discute o termo "*disability theatre*":

> *Disability theatre* [...] não designa um único padrão, modelo, local, uma única experiência com a deficiência, ou um único meio de produção teatral. Ao contrário, o termo emergiu em conexão com o movimento das artes e cultura que consideram a deficiência [...] na re-imaginação do termo em contextos geográficos, socioeconômicos e culturais diversos. [...] *Disability theatre* busca desestabilizar tradições de performance, primeiro e, principalmente, com quem está no teatro, no palco e fora dele. (Minha tradução)

No caso do teatro irlandês, Emma Creedon argumenta, no artigo "Disability, Identity, and Early Twentieth-Century Irish Drama" (2020, p. 64), que a representação da deficiência no drama do Renascimento Irlandês do início do século XX "contava tradicionalmente com estruturas de interpretação corporal limitadas a narrativas de representação", com personagens "frequentemente identificados apenas por sua deficiência" — como Homem Cego, Mendigo Manco e Aleijado Billy. Creedon nota ainda que, no período contemporâneo, há "poucos exemplos na Irlanda e, na verdade, internacionalmente, de teatros que busquem atores com deficiências para esses papéis, ou de seleção de elencos que não considere capacidades" (minha tradução).

Também Christian O'Reilly, dramaturgo irlandês dedicado ao tema da deficiência em grande parte de sua obra, e o ator com paralisia cerebral, Peter Kearns, em entrevista na RTE

(2022), a rede nacional de rádio e TV da Irlanda, apontam para o fato de que há poucos atores profissionais com deficiências na Irlanda, pois eles não recebem treinamento nem oportunidades. A prática no teatro irlandês tem sido selecionar atores não deficientes para papéis de personagens com deficiências, o que tem gerado debate sobre inclusão e representatividade nas artes. Pode-se ainda acrescentar que o recrutamento de equipe técnica com deficiências e a visibilidade do trabalho de dramaturgos com deficiências são também insuficientes.

Efetivamente, Rosaleen McDonagh (2013), em entrevista a Katie O'Reilly, comenta sua trajetória como escritora:

> Quando eu estava em Londres, nos anos 1990, assistindo muito a *Disability Arts*, a atração pelo teatro começou. De volta a Dublin, comecei a questionar onde estavam as pessoas com deficiência ou a cultura da deficiência? [...] Foi nesse ponto que comecei a escrever minhas próprias peças em silêncio. Convidava amigos para jantar, enchendo-os de comida e alegria, na esperança de que eles lessem minhas peças. Quinze anos escrevendo em silêncio. (Tradução de Cristiane Nascimento)

A realidade na Irlanda verifica-se também no Brasil. Assim, o projeto, como um todo, questiona e desafia tradições de dramaturgia e performance calcadas na capacidade, e as produções se propõem a reimaginar e discutir a deficiência no teatro — "no palco e fora dele" —, em nosso próprio contexto geográfico, cultural e socioeconômico, conforme Kirsty Johnston.

Os conceitos de deficiência abordados por Petra Kupers, em *Theatre and Disability* (2017, p. 6), e as questões formuladas por ela foram diretrizes vitais para a concepção e o desenvolvimento da pesquisa orientada pela prática:

> — deficiência como experiência — como podemos tornar centrais as experiências de pessoas com deficiências, concentrando-nos na sensação de ser diferente em corpo e mente?
> — deficiência em público — o que acontece quando essas diferenças entram em mundos sociais, e quando o status minoritário de alguns se torna aparente?
> — deficiência como narrativa — como a deficiência produz significado nas narrativas no palco, na história do teatro?
> — deficiência como espetáculo — como pessoas com deficiências — e sem — mobilizam o status singular da deficiência como uma ferramenta poderosa? (Minha tradução)

Essas perguntas nortearam parte do trabalho de mapeamento e escolha de peças para o projeto, que busca, justamente, respondê-las. O catálogo de peças selecionadas prevê obras do chamado Renascimento Irlandês do início do século XX, do período de expansão econômica no fim do século XX — em que a Irlanda ficou conhecida como Tigre Celta —, e do século XXI, evidenciando a autoria feminina e de minorias hoje. O recorte temporal também enfatiza a participação de pessoas com deficiências na produção contemporânea e como personagens com deficiências têm sido representados desde a fundação do Abbey Theatre — o Teatro Nacional da Irlanda em Dublin —, em 1904, até o momento atual.

As peças e autores a seguir integram o projeto final:

O POÇO DOS SANTOS (1905)
de John Millington Synge (1871-1909)

Em tradução de Domingos Nunez, essa peça fez parte do repertório original do Abbey Theatre. Um estudo tragicômico do conflito entre ilusão e realidade, a peça mostra um casal de idosos cegos, Martin e Mary Doul, no condado de Wicklow, cuja cegueira é temporariamente curada por um "santo" que chega ao local. Desiludido com o milagre da cura, o casal faz uma escolha inesperada. A peça é considerada um trabalho à frente de seu tempo, e o teatro de Synge é, de certa forma, reconhecido como precursor do teatro de Samuel Beckett e Martin McDonagh.

John Millington Synge foi um dos principais dramaturgos do Renascimento Irlandês. Nascido no condado de Dublin, Synge fez várias viagens às ilhas Aran, no remoto oeste da Irlanda, onde coletou material primário para suas peças em inglês, recorrendo a ritmos e sintaxe próprios do irlandês, forjando seu característico dialeto hiberno-inglês para o teatro. Nas palavras de Declan Kiberd (1993, p. xv), "o encantamento mortal do dialeto de Synge é a beleza que existe em tudo o que é precário ou moribundo. [...] Aqueles elementos de sintaxe e imagens trazidos de uma tradição nativa por um povo que continua a pensar em irlandês, mesmo que fale inglês" (minha tradução). Synge privilegiou o modo tragicômico em sua obra, compondo peças seminais na formação do teatro irlandês moderno e contemporâneo, como *The Shadow of the Glen* (1903), traduzida como *A sombra do desfiladeiro*, por Oswaldino Marques, em 1956; *Riders to the Sea* (1904); *The Tinker's Wedding* (1909); e *The Playboy of the Western World* (1907), traduzida como *O prodígio do mundo ocidental*, por Millôr Fernandes, e publicada em 1968.

O ALEIJADO DE INISHMAAN (1997)
de Martin McDonagh (1970-)

Também em tradução de Domingos Nunez, a peça se passa em 1934, em uma das três ilhas Aran: Inishmaan. Os habitantes da ilha tomam conhecimento de que o diretor de cinema americano, Robert Flaherty, chegará à ilha vizinha, Inishmore, para filmar o documentário *Man of Aran*. Billy, rapaz órfão com deficiência física, chamado pelos habitantes da ilha de Aleijado Billy, decide se candidatar a figurante no filme. Billy consegue ir para Hollywood com a equipe de filmagem, mas apenas para descobrir que tudo seria bem diferente de seu sonho. Sua volta para a ilha também guarda surpresas devastadoras. Muito característicos do teatro de Martin McDonagh, elementos de violência e humor ácido destacam-se na peça.

Martin McDonagh é um premiado dramaturgo, roteirista, produtor e diretor nascido em Londres, filho de pais irlandeses. Seu material dramático, entretanto, é principalmente de inspiração irlandesa. Suas peças mais conhecidas, de grande sucesso internacional, são as que compõem a chamada trilogia de Leenane — *The Beauty Queen of Leenane* (1996), traduzida como *A Rainha da Beleza de Leenane* e produzida no Brasil em 1999, *A Skull in Connemara* (1997) e *The Lonesome West* (1997) — e as peças da trilogia das ilhas Aran — *The Cripple of Inishmaan* e *The Lieutenant of Inishmore* (2001). A terceira obra da trilogia de Aran foi produzida como filme em 2022: o premiado *Os Banshees de Inisherin*. Conforme já assinalado, o teatro de Martin McDonagh, considerado provocativo e controverso, caracteriza-se pelo uso de violência e crueldade física e psicológica. A exemplo de Synge, McDonagh também costuma privilegiar o tragicômico e o uso do hiberno-inglês. Para Patrick Lonergan (2012, p. xvi), a obra de McDonagh "tem atravessado fronteiras nacionais e culturais sem esforço, o que o torna um dramaturgo verdadeiramente global" (minha tradução).

KNOCKNASHEE, A COLINA DAS FADAS (2002)
de Deirdre Kinahan (1968-)

Em tradução de Beatriz Kopschitz Bastos e Lúcia K. X. Bastos, a peça se passa em um lugar fictício chamado Knocknashee, no condado de Meath. Patrick Annan, artista em cadeira de rodas, Bridgid Carey, personagem em um programa de reabilitação para dependentes químicos, e Hugh Dolan, personagem com questões relacionadas à saúde mental ligadas a seu passado, encontram-se por ocasião da tradicional festividade da Véspera de Maio, em cuja noite, supostamente, um portal mítico para o mundo das fadas se abre. Patrick acredita poder passar para esse outro mundo naquela noite. Quando confrontado por Bridgid sobre seus motivos para desejar essa passagem, ele a surpreende com sua visão acerca da deficiência. Uma das peças menos conhecidas de Deirdre Kinahan, ainda não publicada no original em inglês, *Knocknashee* trata a questão da deficiência com respeito, além de abordar tradições irlandesas, bem como outros temas caros à autora.

Deirdre Kinahan, dramaturga nascida em Dublin, membro da Aosdána — prestigiada associação de artistas irlandeses —, emergiu na cena teatral irlandesa no início dos anos 2000 como uma voz original e marcante. Sua obra compreende temas complexos como dependência química, saúde mental e envelhecimento, além de relações familiares marcadas por traumas e culpas, quase sempre "levando a uma nota positiva no fim, ou, pelo menos, que permita à plateia imaginar que alguma mudança para melhor [...] seja possível", conforme aponta Mária Kurdi (2022, p. 2, minha tradução). Dentre suas peças mais recentes, destacam-se *Halcyon Days* (2012), *Spinning* (2014), *Rathmines Road* (2018), *Embargo* (2020) e *The Saviour* (2021). Em 2023, *An Old Song, Half Forgotten*, com um protagonista com Alzheimer, escrita para um ator com Alzheimer, estreou no Abbey Theatre com grande aclamação da crítica e do público.

CONTROLE MANUAL (2013)
de Stacey Gregg (1983-)

Em tradução de Alinne Balduino P. Fernandes, a peça retrata um casal de jovens, Mark e Violet, em uma época em que o uso excessivo de tecnologia para corrigir imperfeições e deficiências físicas, ou simplesmente para aprimorar habilidades físicas, tornou-se prática possível e normal. O casal, entretanto, tenta resistir a esse fenômeno e à sociedade que o aprova e facilita. Enquanto Mark e Violet esperam o nascimento de seu primeiro filho, surgem revelações inesperadas e comprometedoras, que ameaçam seu mundo, seus corpos e seu relacionamento perfeito. "Quando o casal começa a desvendar seus segredos, há um sentimento de tristeza, mas também de alívio, por serem capazes de finalmente exteriorizar a verdade, cada um a partir da sua perspectiva", de acordo com Melina Savi e Alinne Fernandes (2023, p. 146, minha tradução). Uma distopia instigante, *Controle manual* convida espectadores e leitores a refletir sobre o que significa ser humano e sobre a perfeição humana em si.

Stacey Gregg é uma dramaturga, roteirista e diretora norte-irlandesa que atua no teatro, cinema e televisão. Sua obra levanta temas como tecnologia, robótica, pornografia, gênero e a história conturbada de sua cidade natal, Belfast. Seus filmes mais recentes incluem os longas *Ballywater* (2022, roteiro) e *Here Before* (2021, roteiro e direção); os curtas *Mercy* (2018, roteiro e direção) e *Brexit Shorts: Your Ma's a Hard Brexit* (2017, roteiro). Suas peças mais recentes são *Scorch* (2015), *Shibolleth* (2015), *Lagan* (2011) e *Perve* (2011).

LUVAS E ANÉIS (2012)
de Rosaleen McDonagh (1967-)

Em tradução de Cristiane Bezerra do Nascimento, a peça tem como personagem central Norah, pugilista surda, membro da comunidade da minoria étnica dos *travellers* — os nômades irlandeses —, que expressa seus pensamentos por meio da Língua Brasileira de Sinais. Ela divide a cena com o Pai que, não sabendo usar a língua da filha, se expressa por meio da fala. Construído pelos monólogos da filha e do pai, o dilema da peça está na decisão de Norah sobre seu próprio destino. O texto aborda temas como deficiência, feminismo e inclusão social.

PADRÃO DOMINANTE (2016)
de Rosaleen McDonagh (1967-)

Em tradução de Cristiane Bezerra do Nascimento, a peça apresenta um grupo de amigos, da comunidade *traveller*, que cresceram em lares para pessoas com deficiências e ajudam uns aos outros na vida adulta. Enquanto respondem a perguntas, em frente a uma câmera, para um documentário feito por uma jornalista com deficiência, questões complexas vêm à tona. McDonagh, de acordo com Melania Terrazas (2019, p. 168), "usa a retórica da sátira, particularmente ironia, paródia e humor, para problematizar o próprio processo de escrita a fim de desconstruir ideias estagnadas sobre os *travellers* irlandeses, com especial atenção às mulheres" (minha tradução) e, acrescento, às pessoas com deficiências.

Rosaleen McDonagh é uma escritora pertencente à minoria étnica *traveller*, nascida com paralisia cerebral, em Sligo. Ela também faz parte da Aosdána e, por dez anos, trabalhou no Pavee Point Traveller and Roma Centre, no programa de prevenção à violência contra a mulher, cujo conselho ainda compõe. Hoje, McDonagh é também conselheira no Arts Council da Irlanda, a agência nacional de fomento às artes no país. Sua obra para o teatro e rádio, bem como sua coletânea de ensaios, *Unsettled* (2020), versam sobre feminismo, deficiência e inclusão social.

Observa-se que algumas peças e autores bastante relevantes não compõem o corpus selecionado, como as de autoria de William Butler Yeats, *On Baile's Strand* (1904), *The Cat and the Moon* (1931) e *The Death of Cuchulain* (1939), pois optamos por privilegiar o trabalho de John Millington Synge, dentre os dramaturgos do chamado Renascimento Irlandês; de Sean O'Casey, *The Silver Tassie* (1928), peça sobre a Primeira Guerra, que se tornou inviável devido à dificuldade de obtenção de direitos autorais; de Brian Friel, *Molly Sweney* (1994), peça fundamental sobre a cegueira, mas cujo autor já teve sua obra bastante explorada pela Cia Ludens; e a obra de Samuel Beckett, por já ser bastante conhecida no Brasil. Cabe ressaltar que o projeto busca, dentro do possível, também o ineditismo. *No Magic Pill*, peça de 2022 sobre a vida do ativista irlandês com deficiência, Martin Naughton, escrita por Christian O'Reilly, também não foi incluída, por uma questão de tempo hábil.

O ineditismo e a significância do projeto residem em discutir a proeminência de pessoas com deficiências no teatro moderno e contemporâneo irlandês, além de sua participação efetiva como agentes de mudança em projetos teatrais e artísticos na Irlanda e no Brasil. A seleção de peças mostra a evolução gradual e o comprometimento dos dramaturgos com o tema, bem como o crescimento da participação de vozes femininas, de minorias étnicas e de pessoas com deficiências — todas extremamente originais na abordagem da questão.

O projeto apresenta peças do vibrante catálogo da dramaturgia irlandesa, quase todas inéditas no Brasil, e visa contribuir para o debate sobre a representatividade de pessoas com deficiências no teatro contemporâneo e no mercado de produção artística. Afinal, conforme aponta Elizabeth Grubgeld em *Disability and Life Writing in Post-Independent Ireland* (2020, p. 17), "as origens da deficiência não estão exclusivamente no corpo; deficiência [...] não é equivalente à tragédia; [...] e o mais importante, deficiência é social, política, econômica, geográfica — nunca simplesmente uma questão pessoal" (minha tradução). Promover esse tipo e grau de conscientização constitui, de fato, o objetivo precípuo do projeto e das publicações.

Este projeto conta com apoio do Emigrant Support Programme, do governo da Irlanda, e do Consulado Geral da Irlanda em São Paulo.

REFERÊNCIAS BIBLIOGRÁFICAS

CREEDON, Emma. "Disability, Identity, and Early Twentieth-Century Irish Drama". *Irish University Review*, n. 50, v. 1, pp. 55-66, 2020.

GREGG, Stacey. *Override*. Londres: Nick Hern Books, 2013.

GRUBGELD, Elizabeth. *Disability and Life Writing in Post-Independence Ireland*. Londres: Palgrave Macmillan, 2020.

JOHNSTON, Kirsty. *Disability Theatre and Modern Drama*. Londres: Bloomsbury Methuen Drama, 2016.

KEARNS, Peter. "*No Magic Pill: Thinking Differently about Disability on the Stage*". Entrevista concedida a Christian O'Reilly. RTE, 21 set. 2022. Disponível em:

<https://www.rte.ie/culture/2022/0921/1323352-no-magic-pill-thinking-differently-about-disability-on-the-stage/>. Acesso em: 27 jul. 2024.

KIBERD, Declan. *Synge and the Irish Language*. 2. ed. Londres: The Macmillan Press, 1993.

KINAHAN, Deirdre. *Knocknashee*, 2002.

KUPERS, Petra. *Theatre and Disability*. Londres: Palgrave, 2017.

KURDI, Mária. "Introduction". *In: "I Love Craft. I Love the Word": The Theatre of Deirdre Kinahan*. Org. de Lisa Fitzpatrick e Mária Kurdi. Oxford: Carysfort Press; Peter Lang, 2022, pp. 1-7.

LONERGAN, Patrick. *The Theatre and Films of Martin McDonagh*. Londres: Bloomsbury Methuen Drama, 2012.

MCDONAGH, Martin. *The Cripple of Inishmaan*. Nova York: Vintage International, 1998.

MCDONAGH, Rosaleen. *Rings*. *In:* MCIVOR, Charlotte; SPANGLER, Matthew. *Staging Intercultural Ireland: New Plays and Practitioner Perspectives*. Cork: Cork University Press, 2014, pp. 305-18.

______. *Mainstream*. Londres: Bloomsbury Methuen Drama, 2016.

______. "*20 Questions... Rosaleen McDonagh*". Entrevista concedida a Kaite O'Reilly, 17 set. 2013. Disponível em: <https://kaiteoreilly.wordpress.com/2013/09/17/20-questions-rosaleen-mcdonagh/>. Acesso em: 27 jul. 2024.

SAVI, Melina; FERNANDES, Alinne. "You're Like a Vegetarian in Leather Shoes: Cognitive Disconnect and Ecogrief in Stacey Gregg's *Override*". *Estudios Irlandeses*, n. 18, pp. 137-47, 2023. Disponível em: <https://doi.org/10.24162/EI2023-11472>. Acesso em: 27 jul. 2024.

SMITH, Hazel; DEAN, Roger T. (Org.). *Practice-Led Research, Research-Led Practice in the Creative Arts*. Edimburgo: Edinburgh University Press, 2009.

SYNGE, J. M. "*The Well of the Saints*". *In:* ______. *Collected Works III. Plays Book I*. Gerrards Cross: Colin Smythe, 1988, pp. 69-131.

TERRAZAS, Melania. "Formal Experimentation as Social Commitment: Irish Traveller Women's Representations in Literature and on Screen". *Revista Canaria de Estudios Ingleses*, v. 79, pp. 161-80, 2019.

KNOCKNAHSEE, A COLINA DAS FADAS

PERSONGENS

Patrick Annan

Hugh Dolan

Bridgid Carey

Primeira parte

A peça é ambientada em uma pequena cabana rural em um lugar fictício chamado Knocknashee, no condado de Meath. Devemos ver a cozinha da casa, grande e cheia de esculturas estranhas, quadros e objetos contendo figuras mitológicas, signos do zodíaco e símbolos primitivos — a cozinha é também a oficina de Patrick. Não deve haver parede no fundo, da cozinha podemos ver o céu e o mato que cresceu no jardim atrás da casa — há um forte de fadas, um círculo imaginário, no jardim, que poderia vir sugerido no cenário. A entrada da casa é um velho pórtico de pedras, como os que se veem em muitas construções rurais irlandesas — duas pedras de pé e um frontão pesado por cima —, similar à entrada das Tumbas de Passagem (Cairns), tão numerosas na Irlanda, supostamente construídas pelos Tuath Dé Dannan.[1] *Está começando a anoitecer.*

Quando o espetáculo se inicia, vemos Patrick Annan, um homem pequeno, com uma deficiência física, em uma cadeira de rodas — com cerca de quarenta e três anos e de aparência perturbada. Ele está trabalhando em uma escultura de Morrigan[2] *— antiga deusa celta da guerra, que ele representa como meio mulher, meio corvo.*

1 Os Tuath Dé Dannan, antigos habitantes da Irlanda, foram derrotados em batalha pelos milesianos, considerados por mitógrafos como ancestrais dos celtas, e relegados, na memória folclórica, à condição de fadas, passando a habitar embaixo da terra. Fonte para esta e as subsequentes notas relativas à mitologia irlandesa: Peter B. Ellis, *A Dictionary of Irish Mythology* [1987]. Oxford: Oxford University Press, 1991. [Esta e as demais notas são das tradutoras].

2 Morrigan ou Morrigu, deusa da guerra, do massacre e da morte na mitologia irlandesa. Metamórfica, suas formas preferidas são a de um corvo e a de um lobo.

PATRICK (*tendo dificuldade com a escultura*) Morrigu... Morrigu... Rainha da Batalha, eu não posso te fixar... não, não, você precisa voar, voar... bater as asas da guerra... bicar a paz... bica a paz... bica, bica... bica, bica (*ele bate com seu cinzel na escultura*) ... devora o mundo com seus vestidos rodopiando... vestidos rodando, rodopiando, rodando, girando loucos, genocídio, homicídio, bem amplos, cacete... cacete, cacete, cacete, cacete, cacete (*Ele gira freneticamente com a cadeira de rodas pela sala.*) Talvez ela esteja me vencendo, a vadia... loucamente bicando meu ombro... (*Hughie Dolan entra na cozinha teoricamente de outro cômodo da casa. Ele é um homem corpulento e imponente do condado de Meath e traz umas luzinhas tipo de árvore de Natal.*) Não se pode subestimar, Hughie... não se pode subestimar o poder dos deuses.

HUGH Ã-hã. (*Ele se vale de um banquinho para instalar as luzes.*)

PATRICK Ela provocou muitas tempestades, não foi querida... importunou os homens... incitou, conduziu... enfeitiçou os homens... atormentou e irritou até que quase loucos eles fossem para a guerra... prontos para trucidar qualquer inimigo. Morrigu beberia o sangue deles... não é?... cavalgaria os cadáveres para tomar seus espíritos... então você está procurando pelo meu espírito, grande mulher?... me fazendo ficar louco... desatinado... me enviando para matar e mutilar...devastar e... ohhh... cacete! (*De novo tentando fazer a escultura viver.*)

HUGH (*assistindo a cena em silêncio*) Bom, ela é a tal...

PATRICK Ahhh! (*Bufa frustrado e volta à estátua.*)

HUGH Encontrei o Domhnie Spillans quando vinha pra cá, ele disse que você vai lá antes da festa pra pegar o Poitín.[3]

PATRICK O quê?... Ele não entrega sempre?!

HUGH Ele não vai entregar por causa dos guardas.

PATRICK Ah, pelo amor de Deus... eles ficam no pântano... ele nem passa por eles no caminho pra cá.

HUGH Ah, ã-hã.

PATRICK Então qual é o problema dele?

HUGH Ah, ele fica meio perturbado, como dizem por aí.

PATRICK Além disso... eles mal estão fazendo blitz... eles estão mais preocupados com seus problemas do que com o tesouro líquido do Domhnie...

HUGH Ã-hã... eu vou precisar da sua chave de fenda pra isso.

PATRICK O quê? (*Irrita-se com o Poitín.*) Deve ter uma na caixa.

HUGH Ótimo. (*Ambos voltam a fazer o que estavam fazendo, após uma pausa.*)

PATRICK Então você estava trabalhando com o Domhnie hoje?

[3] Bebida destilada tradicional irlandesa.

HUGH Não... não... parei com isso.

PATRICK Mesmo...?

HUGH Certeza. Tem bastante coisa acontecendo no hospital e tal.

PATRICK Deus, sim... seu novo esquema... desculpa, Hughie, esqueci completamente disso. Como foi?

HUGH Ah, tudo certo... beleza.

PATRICK O que eles te puseram pra fazer?

HUGH Ah... só varrer e coisas assim... eles têm uma equipe, tipo... de limpeza.

PATRICK Entendi... você está trabalhando.

HUGH Ã-hã.

PATRICK Isso, meu amigo... um novo começo.

HUGH Ah, claro, vamos ver.

PATRICK Sim.

HUGH Ainda vou dar uma ajudinha pro Domhnie, tipo, com os cogumelos... o dinheiro vai ser útil.

PATRICK Com certeza.

HUGH Eu estava pensando em fazer umas reformas em casa... deixar ela um pouco mais aconchegante, como dizem por aí.

PATRICK Exatamente... (*enquanto trabalha*) O que você tem em mente?

HUGH Ah... colocar azulejos na cozinha... carpete novo nos quartos.

PATRICK (*distraído com o trabalho*) Ótimo... isso vai ser ótimo pra você.

HUGH Ã-hã.

PATRICK Não sei como você sobreviveu até agora... os poucos dias com o Spillans não podem ter rendido muito... ainda bem que a Derbhla pôs você em contato com o serviço social.

HUGH Ã-hã... claro que a gente nem teria ficado sabendo.

PATRICK Ela falou que você deveria estar ganhando auxílio-inclusão há anos, e você está cuidando do seu pai... tem uma ajuda pra isso.

HUGH Ah, com certeza, tem um monte enorme de formulários... e com essa coisa de ajuda pra trabalho e com os poucos dias de vez em quando com os cogumelos, vou estar feito!

PATRICK Sim... tenho certeza.

Pausa enquanto trabalham.

HUGH Estou pensando em levar alguma coisa pra Derbhla... pra, tipo, agradecer... você tem alguma ideia?

PATRICK Derbhla... uma boa joia, talvez... celta.

HUGH Ã-hã, e onde vou arranjar isso agora?

PATRICK Tem uma loja em Navan... Walshes.

HUGH Ã-hã... Jesus, eu não vou, tipo, achar.

PATRICK Bom, eu vou com você, se você quiser.

HUGH Ã-hã.
Pausa.

HUGH Eu estava pensando, Patrick... tipo... que talvez você pudesse pintar alguma coisa pra ela pra mim... então eu te daria um pouco de trabalho e aí a gente saberia que ela vai curtir e tal, como dizem por aí.

PATRICK Bom, eu adoraria... adoraria, Hughie... ótima ideia... Só deixa eu acabar isso antes... daí penso em alguma coisa.

HUGH Ótimo então.

Ambos retornam ao trabalho... Hughie vai ligar as luzes; dá certo.

HUGH bingo!

PATRICK Muito bem.

HUGH Onde você quer pôr?

PATRICK Em volta da porta.

HUGH Assim... (*Ele se estica para erguer as luzinhas em torno da porta, do lado de dentro.*)

PATRICK Ótimo... marca a entrada... eu quero pegar bastante terra e samambaias, sabe, folhas e coisas pra grudar na parede.

HUGH Ã-hã.

PATRICK Vai fazer nossas amigas se sentirem em casa quando chegarem... sentirem que estão entrando em um círculo mágico conhecido.

HUGH Ah, não vai ser o máximo?

PATRICK Sim, vou pegar algumas coisas lá fora...

HUGH Mas eu pensei que elas também iam gostar de um pouco de luxo.

PATRICK Claro que sim. Eu sei disso, Hughie... tenho algumas bugigangas e coisas de ouro falsas pra porta e seda roxa pra espalhar pela casa...

HUGH Certo.... (*Pausa.*) Mas elas dificilmente vão ser enganadas com isso...

PATRICK É só para atraí-las... não é uma oferenda... Quero que seja um pouco festivo... Eu achei que podia ajudar a chamar a atenção delas no caminho para Knocknashee.

HUGH A colina grande, é?

PATRICK Claro... é onde elas gostam de se juntar.

HUGH É.

PATRICK Sim.

HUGH E como você sabe coisas desse tipo?

PATRICK Bom, é como é chamada, né?... A colina das fadas... é óbvio.

HUGH Ah, ã-hã.

PATRICK De qualquer maneira eu achei mesmo que você não soubesse nada sobre as Sidhe...[4] você está bem calado até agora.

HUGH Ah, bom, eu ouvi algumas histórias, tipo isso.

PATRICK Exatamente... as histórias... elas sobrevivem apesar do massacre da vida moderna.

[4] Fadas; o povo das colinas.

HUGH Ã-hã. (*Não convencido.*)

PATRICK As Sidhe estão conosco desde os primórdios, Hughie... elas flutuam entre os dois mundos...

HUGH Verdade.

PATRICK ...se misturando com os mortais. Mesmo quando escolhemos ignorá-las, não conseguimos... os dois mundos estão inextricavelmente ligados...

HUGH Ã-hã.

PATRICK Você amou entre nós, não foi, Morrigu?... Brincou entre nós... e esta noite, cara senhora, talvez eu consiga atrair suas irmãs para a minha porta. Quem sabe esta é a noite em que entro no seu mundo...

HUGH Você acha?

PATRICK Acho.

HUGH (*pausa*) Bom, agora, Patrick.... dizem que elas são um bando perigoso...

PATRICK Bobagem!

HUGH E o que você me diz da sua... aí, com seus vestidos rodopiantes?...

PATRICK Ah, mas Morrigu é a Deusa da Batalha... A guerra é o trabalho dela...

HUGH É... e ela está bem ocupada por aqui... Fico pensando se não é ela mesma que anuncia que o bar vai fechar, no Cauldwells à noite... isso com certeza deixa eles agitados lá.

PATRICK Agitados...você os agita, Morrigu?... Você pode agitá-los para mim!!!... Não, não, você ainda está morta... ainda é barro... baaaaaaaaaaarro... Não consigo achar a paixão dela, Hughie... sua fúria... isso ainda é um torrão de terra... tenho que convencê-la a falar comigo... cuspir fora os séculos de ira.

HUGH Que troço horrível.

PATRICK Você acha... bom... mas imóvel demais... imóvel demais ainda, Hughie... ela tem que devorar... rodopiar... dominar... se ela lutar de novo contra mim, estou perdido... ela sabe tudo de guerra.

HUGH Eu não sei o que aconteceu com você, que se meteu com tipos que nem ela...você deve voltar pros quadros... eles são bem mais tranquilos de ver.

PATRICK É para o Tailtin...[5] pra Derbhla... é um trabalho completo.

HUGH O quê?

[5] Batalha de Tailtin, entre os Tuath Dé Dannan e os milesianos.

PATRICK O festival do Tailtin... Derbhla está organizando.

HUGH O quê?

PATRICK É uma coisa comunitária. Tinha uma feira no Tailtin durante anos, parece... Grandes Jogos Nacionais Gaélicos... durante centenas de anos.

HUGH É... eu ouvi falar disso.

PATRICK Bom, a Derbhla quer reviver isso... parte dos seus projetos de história da comunidade. Este ano ela vai reencenar a batalha entre os Tuath Dé Dannan, o povo das fadas, e os milesianos, os ancestrais dos celtas, no Tailtin... faz parte de um projeto de verão com um Grupo Jovem, e eu tenho que criar rápido alguns personagens interessantes daquela época... esta mulher é um deles.

HUGH Ahhhh. (*Sem entender.*)

PATRICK Eles vão encenar toda a batalha no campo, sabe... vão fazer as crianças se fantasiarem de guerreiros Tuath.

HUGH Foi a última... (*Sem entender.*)

PATRICK Foi uma batalha importante, Hughie, a batalha final para os Tuath... A Derbhla quer encená-la no verão, quando as crianças não têm aula... elas estão começando a aprender sobre as vestimentas dos guerreiros celtas na I.C.A.,[6] a associação de mulheres do campo da Irlanda.

HUGH Pensei que a I.C.A. tivesse sido desmantelada.

PATRICK Tinha sido, uma briga por causa de um centro histórico, mas a Derbhla está continuando.

HUGH Continuando com a I.C.A?

PATRICK Sim.

HUGH Bom, agora entendi.

PATRICK É a história viva, Hughie. A comunidade reencena nosso passado. A Derbhla é fantástica na organização. Tão ligada... tão totalmente sincronizada com as energias deste lugar.

HUGH Ã-hã.

PATRICK Uma mulher incrível, Hughie, digo que ela vai arrancar alguma resposta desse demônio... bica bica bica, Morrigu... bica bica bica.

HUGH E o que são as outras estátuas que você está fazendo então?

PATRICK Não entendi.

6 Irish Country Women's Association.

HUGH Para a o Grupo Jovem.

PATRICK Ah, certo...bom, Nuadh[7] era um dos chefes Tuath... e aí tem também... esse menino é magnífico, Hughie... balor do olho-mau.[8]

HUGH Jesus... parece um diabo.

PATRICK Assustador pra cacete, Hughie... assustador pra cacete. Esse sujeito, certo... cruzou com uns druidas quando ele era jovem e viu eles fazendo uma poção.

HUGH Sai fora!

PATRICK Uma poção mágica... então, um pouco de fumaça direto da poção explodiu na cara dele... Ele levou um susto tão grande que caiu da janela, com os olhos arregalados pulando pra fora da cabeça.

HUGH Jesus (*Boquiaberto.*)

PATRICK O druida chefe saiu e disse que estavam preparando uma poção da morte, e assim, dali em diante, quem Balor olhasse com aquele olho, cairia morto imediatamente.

HUGH Senhor!

PATRICK assutador pra cacete, meu amigo.

7 Primeiro chefe dos Dé Dannan, derrotado pelo povo Fomori.
8 Deus da morte e líder dos Fomori.

HUGH E ele era do Tailtin, né?

PATRICK Não… ele era de outro povo, os Fomori.[9]

HUGH Ah, certo.

PATRICK O Tailtin foi a batalha final, depois de gerações de batalhas e invasões… os Tuath foram finalmente derrotados, mas não morreram… eles só desapareceram nas colinas para voltar como fadas… As Sidhe.

HUGH Imagina só.

PATRICK É por isso que a Derbhla está fazendo uma grande festa… ela diz que foi a virada da história irlandesa. Ela recebeu montes de dinheiro da cidade.

HUGH Mesmo?

PATRICK Sim.

HUGH Os guerreiros viraram Sidhe.

PATRICK Desapareceram, saíram dos seus corpos mundanos e se retiraram para as entranhas da Terra.

HUGH Todos eles… se foram…

PATRICK vuuummmm… sumiram.

9 Povo violento da mitologia irlandesa que habitava a Ilha de Tory. Lutaram contra os Tuath Dé Dannan, entre outros povos. São frequentemente representados com apenas um olho, uma mão ou um pé.

HUGH Daquele campo ali embaixo?

PATRICK Sim... a poucos metros desta porta, Hughie... A poucos metros desta porta.

HUGH No Tailtin.

PATRICK O próprio local.

HUGH Deus, e eu que nunca soube disso, acredita? Nunca soube dessa batalha... e que eles viraram Sidhe... em todos os anos que estou aqui, nunca ouvi nada disso.

PATRICK Este é um lugar sagrado, Hughie... eu sempre digo isso... eu soube na hora em que cheguei aqui... quando encontrei você na porta... senti... a energia... esta terra está pulsando, Hughie... pulsando com lendas...

HUGH Pulsando, você acha?

PATRICK A própria Rainha Maeve[10] passou por esta porta para roubar o grande touro de Cooley... ela e um exército de mulheres guerreiras.

HUGH (*olha a porta*) Sai fora!

PATRICK Sacudindo joias e batendo os pés.

HUGH Certo... e tudo isso aconteceu bem aqui?

10 Rainha de Connacht. Figura no famoso conto épico *Táin Bó Cuailnge* [O ataque ao touro de *Cuailnge* ou Cooley].

PATRICK Estes campos estão vivos, Hughie — você pode sentir.

HUGH Vivos.

PATRICK Pulsantes.

HUGH Com as fadas.

PATRICK Dois fortes, círculos mágicos, atrás desta casa, uma milha um do outro... é sempre assim, deve haver centenas de moradias sidhe enfileiradas por toda a estrada daqui até Newgrange.[11]

HUGH Fortes de fadas[12] por todo o caminho.

PATRICK Todos unidos, sabe, por passagens subterrâneas. Uma Sidhe pode atravessar a Irlanda, Hughie, sem jamais ver a luz do dia.

HUGH Sai fora, umas sidhezinhas por toda parte!

PATRICK Toda colina e encruzilhada, todo arbusto e portão.

HUGH Você tem que dar a ré no carro rápido pra não atropelar uma delas, sabia?

PATRICK Você está me zoando?

HUGH O quê?

11 Tumba do conjunto arqueológico do Vale do Boyne, no condado de Meath, um dos mais famosos sítios pré-históricos do mundo.

12 Locais habitados pelas Sidhe.

PATRICK Não preciso que você comece a me zoar.

HUGH Não estou.

PATRICK Bom... porque se você estiver... pode ir embora... elas não vão aparecer se tiver um cético aqui.

HUGH Eu só estava dizendo...

PATRICK Bom, não diz! (*Ele está ofendido.*)

Hugh liga as luzes para ver se estão funcionando — elas acendem e piscam, ele fica realizado. Patrick não presta atenção.

HUGH Está quente pra essa época do ano... (*Silêncio.*) ...O sol ainda está meio quente... (*Olha pela porta.*) A que horas você acha que elas vão dar as caras?

PATRICK Quem?

HUGH As Sidhe.

PATRICK Não tem hora, Hughie... as Sidhe não são regidas por tiranos insignificantes fazendo tique-taque, tocando alarmes e batendo sinos... esses povos governavam a Terra, são mestres da magia e da música, da poesia e da guerra... e não respondem a relógios... elas virão quando bem entenderem, cacete. Tudo certo. (*Hugh não diz nada. Pausa.*) Esta noite eu espero que, quando o sol se for, elas venham de todos os fortes locais... É a Véspera de Maio... o maior evento no calendário sidhe.

HUGH É?

PATRICK Nesta noite elas têm seu maior poder sobre todas as criaturas humanas.

HUGH Entendo. (*Parecendo estar com medo agora.*) E você pretende, tipo, trazer elas pra dentro?

PATRICK Sim, claro... estamos no caminho, elas estão todas indo para Knocknashee.

HUGH Ã-hã...

PATRICK É a celebração da primavera, Hughie... um festival antigo...

HUGH (*ansiedade aumentando*) Entendo.

PATRICK Véspera de Maio, Hughie... é a noite em que provavelmente as Sidhe vão raptar os humanos.

HUGH (*obviamente nervoso*) Sai fora.

PATRICK Você não sente... eu sinto... tenho sentido o dia todo... a excitação está no ar.

HUGH Pulsando. (*Patrick lança um olhar para ele.*)

PATRICK Eu quero... ir, sabe, ir pro mundo delas só por uma noite.

HUGH Ã-ha... mas você tem certeza que voltaria?

PATRICK (*sem ouvir*) Em geral elas passam por aquela porta, sabe (*Hughie fica boquiaberto.*) ... viajando entre o nosso forte no campo e o forte no Spillans. Você pode ouvir a música delas *à noite... a* sua família deve ter ouvido, Hughie, quando você estava aqui... você deve ter ouvido, deve ter sido tocado pela música?!

HUGH Não, não... você está imaginando. Não tinha nada aqui... tocado... Pelo amor de Deus, nada... (*Patrick sai em direção ao forte... Hugh olha para o forte, bastante inquieto agora, depois de uma boa pausa.*) Acho que vou até o papai, Patrick, fazer o jantar dele.

PATRICK Claro. Talvez ele queira voltar com você pro festival.

HUGH Não... não... ele nunca sai, desde que caiu, ele só dá uma andadinha no jardim.

PATRICK Que pena, ele seria ideal, conhece bem as tradições da Véspera de Maio... poderia me dar umas dicas.

HUGH Não sei...

PATRICK Ele é do Oeste, não é?

HUGH De Donegal, ã-hã.

PATRICK Bom, então ele tem que saber das Sidhe.

HUGH Acho que não.

PATRICK É claro que ele sabe, traz ele aqui, Hughie.

HUGH Nããããooo, nããããoooo… …a mãe… ela é que sabia as histórias.

PATRICK Ahhh… sempre as mães…

HUGH Ã-hã.

PATRICK E o que ela te contou?

HUGH Sobre o quê?

PATRICK Sobre as Sidhe.

HUGH Ahh, não sei… um monte de histórias… as velhas superstições e histórias.

PATRICK Você não se lembra de nenhuma?

HUGH Ã-hã.

PATRICK Bom?

HUGH Você conhece todas… Banshees[13] e Cluricauns…[14] Amandawn Pooka…[15] todas essas histórias…

[13] Fadas-mulher.

[14] Espécie de gnomo ou duende.

[15] Demônio ou espírito ardiloso que desvia viajantes de seu caminho; provavelmente importado tardiamente de outras mitologias, que não a celta.

PATRICK Ahh, sim, minha Mãe se especializava em Cu Chulainn.[16]

HUGH Mesmo?... A mamãe também falava dele... e da fúria que ele tinha na guerra.

PATRICK Sim, ele e seu fiel cocheiro, Laeg.[17]

HUGH Ah, ã-hã, o baixinho de cabelo vermelho.

PATRICK Imagina que eu gostava de pensar que eu era o Laeg quando eu era pequeno.

HUGH Sai fora.

PATRICK Eu conduzia aquela carruagem de madeira maravilhosa, enfeitada com joias de ouro e prata à luz da lua... dois ótimos cavalos puxando minhas rodas batendo feito chocalhos...

HUGH Ã-hã, dava pra ser bem veloz nela.

PATRICK Sim... (*saindo para o jardim*) Agradeço à minha mãe por isso... as histórias dela me davam asas.

HUGH Jesus... eu ficava apavorado.

PATRICK Quando a sua mãe morreu, Hughie?

HUGH Há uns anos atrás agora.

[16] O herói mais famoso da mitologia irlandesa.
[17] O cocheiro de Cu Chulainn.

PATRICK E você sabia... você sentiu antes de te contarem?

HUGH Ach, não lembro bem... eu estava... estava... mal, sabe... na época.

PATRICK Ela devia ser jovem.

HUGH Acho que sim.

PATRICK Vocês eram próximos?

HUGH Ahh, sim... como quase todo mundo.

PATRICK Próximos?

HUGH Ã-hã... de certa forma...

PATRICK E você sentiu... sentiu que ela tinha morrido... se sentiu desenraizado ou perdido ou... com raiva... abandonado?

HUGH Bom, eu não sei agora... eu estava mal, como falei... não lembro de sentir muita coisa sobre nada, de verdade.

PATRICK Certo... você chorou?

HUGH O quê?

PATRICK Você chorou... teve um ataque de raiva... o que você fez quando recebeu a notícia?

HUGH Eu não lembro bem, já falei... com certeza, sim... como todo mundo.

PATRICK Certo... ela era de Donegal também?

HUGH Ã-ha... John's Point... mesmo lugar do papai.

PATRICK Lugar bonito.

HUGH Você conhece?... A gente ia muito lá quando eu era menino...ficava com os primos e tal... era tipo uma segunda casa...

PATRICK E... você ainda deve ter família lá agora.

HUGH Ã-hã, a gente tem.

PATRICK Você não visita?

HUGH (*constrangido*) Não, não, faz anos... perdi contato, como dizem por aí, mas minha irmã, ia ser ótimo visitar ela... ela não mora longe, sabe...

PATRICK Eu gosto muito de lá de cima.

HUGH Sabe... a mamãe também gostava, ela nunca acostumou aqui... sentia falta das visitas, sabe... a gente passava quase todo verão pra cima e pra baixo.

PATRICK Então, por que eles vieram pra cá?... Não pode ter sido por trabalho...

HUGH Não... foi por causa das Gaeltacht,[18] as regiões de gente que fala irlandês... De Valera[19] queria gente que falasse irlandês por aqui... tinha bastante movimentação na época... distribuíam a terra.

PATRICK Ah, certo...

HUGH Ele queria fazer uma Gaeltacht, tipo, perto de Dublin. Então eles ganharam terras... famílias dos condados de Mayo e Kerry e Donegal todas vieram pra cá. Tem canções sobre isso e danças, sobre eles marchando pelo país.

PATRICK Entendo... A estrada de Donegal... as casas de Kerry... todos esses nomes de lugar... eu nunca tinha percebido do que se tratava... Knocknashee... lar de todos os viajantes, Hughie, de todos os desterrados!

HUGH Ã-hã.

PATRICK É como um ponto de encontro... um caldeirão de mistura de mortais e Sidhes de várias origens.

HUGH Acho que sim...

PATRICK Bom, é por isso que eu estou aqui.

HUGH É?

18 Regiões da Irlanda em que predomina o uso da língua irlandesa.
19 Eamon de Valera foi uma figura política dominante na Irlanda no século XX, ocupando vários cargos públicos proeminentes, servindo várias vezes como chefe de Estado.

PATRICK Sim, é por isso que fui trazido pra cá... Tudo está fazendo sentido agora...

HUGH ... eles estavam felizes aqui de qualquer maneira... a mamãe e o papai... quer dizer... essa casa era boa... ficamos tristes de sair dela.

PATRICK Sair dela?

HUGH Da casa.

PATRICK Claro... mas por quê?

HUGH O quê?

PATRICK Saíram da casa?

HUGH Ahh, claro, eu era jovem... construí uma casa na beira da estrada... eu estava progredindo... tinha meus próprios planos... mas aí minha pobre mãe morreu, e como eu estava sozinho naquela altura... fazia sentido o papai mudar pra morar comigo.

PATRICK Fazia... claro.

HUGH Esse velho lugar ficou entregue aos corvos até você chegar.

PATRICK Aos corvos.

HUGH Ã-hã.

PATRICK Incrível...

HUGH O quê?

PATRICK E o que aconteceu com os planos, Hughie?

HUGH Os planos?

PATRICK Os seus planos... o que aconteceu com os seus planos?

HUGH Ahh, certo.

PATRICK Quais... quais eram os planos?

HUGH Ahh, sabe, os planos de sempre, de gente jovem e corajosa.

PATRICK Sim?

HUGH Eu estava administrando a fazenda pro Spillans, sabe.

PATRICK Mesmo?

HUGH Ã-hã, e a fazenda era tipo grande... eu estava pensando em ir pra Faculdade de Agronomia na época... ela mesma era muito a favor.

PATRICK Ela quem?

HUGH Ahh...uma garota que eu conhecia.

PATRICK Ahha!

HUGH Ã-hã... (*Encerra, começa a fazer outra coisa.*)

PATRICK Acho que eu a vi, sabe, Hughie.

HUGH Quem agora?

PATRICK A garota... era a Nuala?

HUGH O quê?

PATRICK Derbhla me mostrou no Coffee Pots uma vez.

HUGH Ela mostrou?

PATRICK Sim... quando estávamos almoçando... mulher bonita.

HUGH Ã-hã.

PATRICK Você não a vê mais?

HUGH Não.

PATRICK Mesmo?... Mas deveria.

HUGH Bom, eu vejo ela, tipo, por aí na cidade, mas não posso, tipo, falar com ela ou... (*Com dificuldade.*)

PATRICK Não sei.

HUGH E já faz muito tempo agora... está tudo morto e enterrado.

PATRICK Derbhla disse que ela ficou com o coração partido... nunca se casou!

HUGH (*raiva subindo*) Ah, agora ela ficou... e isso foi há trinta anos, pelo amor de Deus... trinta anos... ã-hã, mas ainda serve pro falatório... Jesus... eles adoram um falatório na cidade... mesmo depois de todos esses anos, ainda não estão satisfeitos.

PATRICK Ahh, Hughie... não foi bem assim... Derblha sabe que nós somos bons amigos...

HUGH Ahh, ainda fofocando... fofocando...

PATRICK Não, Hughie... de maneira nenhuma.

HUGH Eu conheço eles, Patrick... eu conheço essa gente a minha vida inteira... com certeza mataram a minha mãe com o falatório.

PATRICK O quê?

HUGH Ã-hã... cochichando... se cutucando...

PATRICK Isso é insano, Hughie... ninguém está cochichando, fofocando... isso é paranoia...

HUGH Agora é... então você é mais um me rotulando, é?

PATRICK O quê?

HUGH Esquizofrenia... demência... paranoia... quando tudo o que eu preciso é ficar em paz... preciso... de paz.... (*Pausa.*)

PATRICK Desculpa, Hughie... sinto muito... eu não quis me meter... eu só estava... Olha, eu sei como é estar à margem, sabe, eu... (*Pausa.*)

HUGH Ahh, deixa pra lá... deixa pra lá agora... não vamos falar mais nada, Patrick, mais nada agora. (*Pausa.*) A gente não devia ir até o Domhnie agora buscar aquele Poitín?... ou não vai ter festa nenhuma aqui de noite.

PATRICK (*pausa*) Sim... bom, você está certo. O Domnhie já vai ter saído se eu deixar pra mais tarde... Você pode esperar a Mary aqui então? Ela está trazendo comida do Coffee Pots.

HUGH Tudo bem.

PATRICK Ela disse que estaria aqui por volta das seis.

HUGH Ótimo!

PATRICK Muito bem... volto em um minuto... Você tem certeza de que está bem, Hughie... eu não tive intenção de...

HUGH Vai, vai, pode ir.

PATRICK Certo... Te vejo daqui a pouco.

Ele sai. Hughie o segue até a porta e fica olhando fixamente para ele — dá uma boa olhada, do lado de fora, obviamente um pouco nervoso, volta para dentro.

HUGH Bolinhos, é?.... E sanduíches... pra coisas como você (*dirigindo-se a Morrigu.*)

Hugh treme, pausa, olha para fora em direção ao círculo... comicamente à vontade. Praticamente dá de cara com Morrigu de volta, quase tem um ataque do coração... começa a andar em volta dela examinando a estátua... quase atrás dela, quando uma jovem entra com uma bandeja de entrega de comida. É Bridgid, em seus vinte e poucos anos, com roupas informais, tipo moletom de esporte, de Dublin.

BRIDGID Patrick... Patrick... sou eu, a Bridgid... Trouxe a comida pra você... pra festa... Patri...

HUGH (*surgindo de trás da estátua*) Ele foi até a casa do Spillans, ele vai...

BRIDGID (*leva o maior susto da vida e deixa a bandeja cair, salsichas rolam por toda parte*) Jesus Cristo. (*Hugh corre para ajudá-la a catar as salsichas, ela o observa no chão, horrorizada.*)

HUGH Desculpa... não quis te assustar. (*Colocando as salsichas de volta na bandeja*) Oi.

BRIDGID (*tremendo*) Tudo bem? (*Hughie se afasta desajeitadamente. Pausa. Ela vê Morrigu.*) Que porra é essa?

HUGH Ah, é o Patrick... é a estátua... tipo... que ele está fazendo. (*Ela não tira os olhos da estátua.*)

BRIDGID Uma estátua.

HUGH Ã-hã. Ela é um tipo de rainha... Maura... Maura do Olho-Mau... ela te mataria com a língua, dizem.

BRIDGID Tenho certeza absoluta que sim.

HUGH Ela é a rainha dos milesianos no Tailtin.

BRIDGID Deve ser um povo feio...

HUGH Ela é uma guerreira... uma deusa.

BRIDGID Certo. (*Olha para ele agora.*) Ponto pra você de qualquer forma, sabe, você é foda.

HUGH Ã-hã.

BRIDGID Estou procurando o Patrick... Patrick Annan.

HUGH Ele foi até a casa do Spillans, disse que ia voltar rápido.

BRIDGID Certo... E você quem é então?

HUGH Hughie Dolan... Moro logo ali na frente.

BRIDGID Certo. Bom, alguma chance de uma ajuda com isso aqui, Hughie?

HUGH *Ã-hã, com certeza. (Eles começam a passar as bandejas de comida para dentro.)*

BRIDGID Vocês devem estar esperando uma multidão.

HUGH Ã-hã.

BRIDGID Achei que fosse uma festa de criança quando vi a decoração, mas vocês já estão meio em cima da hora, não?

HUGH Acho que sim.

BRIDGID E não tem crianças.

HUGH Não.

BRIDGID Então é pra mais tarde, né?

HUGH Ã-hã.

BRIDGID É tipo um aniversário, né?

HUGH Ã-hã.

Pausa, ela espera por alguma informação... Hugh fica bem sem jeito. Silêncio.

BRIDGID Eu tenho que esperar o Patrick... pra me pagar.

HUGH Ã-hã.

Pausa.

BRIDGID E aí, vocês são bons amigos então, você e o Patrick?

HUGH Ah, ã-hã.

BRIDGID Ele é meio maluco, né?

HUGH Ach.

Pausa.

BRIDGID (*começa a dar uma olhada em volta*) ... Que casa mais doida... Jesus, olha essa coisa aqui, dá arrepios... (*Silêncio.*) Ele vai demorar, você acha?

HUGH Não, não... ele só foi na casa do Domhnie.

BRIDGID Certo. Bom, vou ter que esperar, é grana na entrega, tá, ou a mulher aqui vai ter um ataque.

HUGH Tudo bem.
Pausa.

BRIDGID Espero que ele venha logo... eu já quero relaxar... foi um dia longo. Alguma chance de uma xícara de chá?

HUGH Ahh, com certeza... chá (*Ele começa a preparar um chá.*)

BRIDGID Então, você é daqui de perto, né?

HUGH Ã-hã.

BRIDGID Certo. (*Pausa.*) Acabei de mudar pra cá.

HUGH Pra Knocknashee.

BRIDGID Jesus, não, estou morando em Navan… Beechmont.

HUGH Ah, ã-hã. É legal em Beechmont? (*Pausa.*)

BRIDGID É ok, eu acho… estou acostumando.

HUGH Ótimo! (*Oferece o chá a ela.*)

BRIDGID Obrigada. No começo achei difícil, tipo… mudar… mudança grande, de Dublin e tal.

HUGH Ah, difícil sim, ã-hã.

BRIDGID Você conhece Dublin?

HUGH Ah, sim, conheço sim.

BRIDGID Lugar sujo.

HUGH Eu acho. (*Pausa.*) Você prefere Navan, então?

BRIDGID Mais ou menos… melhor depois que arranjei emprego… alguma coisa pra eu fazer, sabe.

HUGH Ah, ã-hã.

BRIDGID É um entra e sai no café, então estou conhecendo bastante gente. Não que eu queira conhecer tanta gente, tipo… porque posso me meter em encrenca de novo…

HUGH Ah, ã-hã.

BRIDGID E só estou aqui pra me livrar disso...

HUGH Com certeza.

BRIDGID Estou me acertando. Tudo bem até agora... começando... tipo, de novo... cidade nova... vida nova, esse tipo de coisa.

HUGH Certo.

BRIDGID Obrigada. (*Pega o chá. Pausa.*) Não voltei a Dublin nem uma vez, sabe, desde que mudei pra cá, e eu podia, fácil, tem ônibus de meia em meia hora.

HUGH Tem sim.

BRIDGID E eu sei disso e não quis ir ainda.

HUGH Que bom pra você.

BRIDGID Sabe, estou ficando bem longe de problemas, mister... estou determinada... e vou te dizer uma coisa, tem bastante merda em Navan. Seria fácil voltar pra merda, fácil pra caralho.

HUGH Não.

BRIDGID Tem biscoito?

HUGH Eh... bom, quer uma dessas? (*Oferecendo as salsichas, enquanto ele come uma.*)

BRIDGID Jesus, não, já vi o que tem dentro delas. Tem uns bolinhos pras fadas na outra bandeja, pega um pra gente. (*Hughie dá um bolinho a ela e não consegue decidir o que fazer com a salsicha já comida pela metade.*) Jesus, eu comia baldes desses bolinhos quando estava nas drogas, você fica meio louco por coisa doce, sabe.

HUGH Ah, ã-hã.

BRIDGID Fui viciada em heroína por anos, mister... pra ser franca e direta... faz parte da minha terapia, sabe, porque eu vivi na negação por anos.

HUGH Ah, entendo.

BRIDGID Se você é amigo do Patrick, quero que você fique sabendo.

HUGH Ahhh, com certeza.

BRIDGID Ele tem sido incrível pra mim, sabe... o Patrick... ele vai no café o tempo todo... tem um monte de gente, tipo moderninha, que vai às vezes, mas ele vai sempre, ele é ótimo... sabe do que eu estou saindo...

HUGH Ah, ã-hã.

BRIDGID Você não liga de eu falar, tipo... né... das drogas.

HUGH Ah, não, tudo bem.

BRIDGID É divertido, tipo, ter esse grupo no hospital... a gente se encontra às terças, e é quando eu teria que falar do assunto... mas eu nunca consigo abrir minha maldita boca lá... eles são todos uns caipiras, tipo, sabe como é...

HUGH Ah, ã-hã.

BRIDGID Eu acho mais fácil falar quando não estou... tipo, presa.

HUGH Ah, com certeza, entendo.

BRIDGID Mas o Gary diz que eu devia pegar leve... com o grupo... Gary é o meu assistente social... diz que eu tenho que entender os limites... o lugar das coisas... é duro... estou tentando me concentrar em ficar longe das drogas... acabei de sair do Programa, sabe, e tenho apoio pra caralho aqui.

HUGH Ah, com certeza é difícil.

BRIDGID Tem uma clínica... admito que fui um dia, mas... acho que eu queria tentar sozinha... alguma vez você se sentiu assim... tipo, sabe... querendo fazer alguma coisa por você?

HUGH Ah, sim, ã-hã.

Pausa.

BRIDGID Ele está levando séculos.

HUGH Quer que eu vá dar uma olhada?

BRIDGID E me deixar aqui com essa (*Morrigu*), não, obrigada. Mas o que ele está fazendo?

HUGH Buscando Poitín.

BRIDGID Meu Deus, ele é engraçado... doidinho (*Uma risadinha.*)

HUGH (*ri*) Ã-hã.

BRIDGID Onde você trabalha?

HUGH Navan. Sou zelador no hospital em Navan.

BRIDGID Que engraçado, e eu vou lá nas terças!

HUGH Ã-hã.

BRIDGID Você não é pintor, então, como o Patrick.

HUGH Não, não... só de paredes.

BRIDGID Só de paredes — engraçado. (*Pausa.*) Eu fiz artes... parte da minha reabilitação. Mas eu não curtia... a mulher queria que a gente se expressasse através de símbolos... uns borrões do caralho numa tela branca enorme, explodir minha raiva através das cores e tal... eu não conseguia entrar na dela... mas a Samantha adorava... começava pintando a porra da tela, depois mudava pras cadeiras... mesas... aí a professora tinha que mandar ela parar. (*Olha para ele e ri.*) Brincadeira. Não tinha mesa nenhuma. (*Hugh continua calado, com a boca cheia de salsicha*). Você não fala muito, né, Hughie?

HUGH Ach, não, com certeza...

Patrick volta com um monte de galhos e folhas, como se fosse uma selva ambulante, mal se consegue vê-lo por entre os galhos e folhas.

PATRICK Você pode me dar uma ajuda com isso aqui, Hughie? Mal consigo ver aonde estou indo.

BRIDGID Tudo bem, Patrick?

PATRICK Bridgid... foi você que mandaram pra nós? Ótimo!

BRIDGID Mary pediu desculpas que ela não pôde vir, ela tinha alguma coisa tipo uma dança das prímulas na praça. A Derblha organizou, tem a ver com algo tipo Véspera de Maio Celta, alguma coisa meio maluca do tipo.

PATRICK É isso mesmo... A prímula nos protege na Véspera de Maio.

BRIDGID Ah, certo.

PATRICK Então, qual era a dança? Você não quis participar?

BRIDGID Tá brincando... é tudo um monte de besteiras... eles parecem idiotas... e aquela Derbhla, meio gorda pra, tipo, dançar.

Hughie e Bridgid pegam as folhas de Patrick; dois meios garrafões de Poitín também estão na cadeira de rodas.

PATRICK Experimenta um gole disso, Hughie, aposto que é coisa boa.

HUGH Ah, ã-hã. (*Hughie pega alguns copos.*)

PATRICK Quer experimentar um pouco, Bridgid?

BRIDGID Não, obrigada... não estou a fim.

Hughie e Patrick tomam um gole.

PATRICK Ahhh, muito bem, Domhnie... nossas amigas vão adorar!

BRIDGID Então, quem vem?

PATRICK Hoje à noite?

BRIDGID Sim, pra festa.

PATRICK As Sidhe...

BRIDGID As o quê?

HUGH Fadas.

BRIDGID Vacas?

PATRICK Não... as Sidhe... grandes espíritos desta terra.

BRIDGID Ah... certo...

PATRICK É uma grande celebração, Bridgid, uma festa... O verão está chegando... fica por aqui e pode ser que você as encontre, você mesma.

BRIDGID Parece incrível, mas vou ter que deixar a festa pra vocês... Tem uns guardas de merda pra todo lado e eu não devia nem estar dirigindo... não tenho carta... só fiz a entrega porque era pra você... tenho que levar a van de volta.

PATRICK Bom, fica um pouquinho... eles param por volta das seis.

BRIDGID Quem?

PATRICK Os guardas.

BRIDGID Mesmo? De qualquer forma, o que eles estão fazendo aqui? Nunca vi tantos carros... quase tive um ataque do coração quando virei a esquina perto do pântano...

PATRICK Estão procurando dois dos desparecidos de Belfast.

BRIDGID Quem?

PATRICK Dois homens... aparentemente assassinados pelo ira[20] nos anos 70...

BRIDGID Jesus... ok... ouvi eles falando sobre isso outro dia no café. Estão procurando um monte de gente, né? No país inteiro.

PATRICK Sim...

BRIDGID E estão escavando bem atrás da sua casa?

PATRICK Bom, não é bem atrás... é ali embaixo, no pântano... parece que estão se deslocando bastante... é óbvio que não sabem qual é o local exato... O que você acha, Hughie?

HUGH Do quê?

PATRICK Os guardas... não parece que sabem onde procurar.

HUGH Não.

BRIDGID Jesus, imagina isso. Procurando corpos bem atrás da sua casa.

PATRICK Bom, a guerra nunca é confinada ao campo de batalha, né?

[20] Irish Republican Army, Exército Republicano Irlandês. Grupo paramilitar revolucionário que atuou durante os chamados Troubles — os conflitos entre meados dos anos 60 e final dos anos 90 na Irlanda do Norte —, buscando a independência e unificação da Irlanda. Muitos corpos de desaparecidos durante os conflitos foram posteriormente encontrados enterrados em pântanos, ou turfeiras, da Irlanda.

BRIDGID Eu ouvi umas histórias sobre eles... estavam só meio drogados, né?... Ou eram informantes ou algo do tipo?

PATRICK Quem sabe? Eram tempos insanos.

BRIDGID Mas imagina isso... alguém simplesmente desaparecendo na sua cara... levado talvez na calada da noite... e pronto... anos sem saber o que aconteceu com eles. Eles já acharam alguma coisa?

PATRICK Não sei... acho que não... acharam, Hughie?

HUGH Não.

BRIDGID Você sabe alguma coisa sobre os caras que eles estão procurando na escavação?

PATRICK Não.

BRIDGID Que merda de lugar pra acabar nele.

PATRICK Sombrio... um lugar sombrio com certeza, né, Hughie?

HUGH Ã-hã.

PATRICK Mas tranquilo... essa é a terrível ironia... aquela turfa macia é uma cobertura tão antiga... delicada e sábia... difícil crer que possa conter tanta dor...

BRIDGID Nossa, para... dá pra parar? Estou começando a ficar apavorada!

HUGH Não temos outra coisa pra conversar?

PATRICK Você está certo... está certo... hoje não é a noite... não é a noite pra falar de eventos tão tristes...

BRIDGID Bem, pra que tudo isso aqui? (*As folhas.*)

PATRICK Pra decoração, prende nas paredes e espalha alguns galhos. (*Ela obedece.*)

BRIDGID Meio tipo Natal.

PATRICK Exato. Tem certeza de que não quer aderir?... Tenho uma cerveja aqui.

BRIDGID Adoraria... mas tenho a van...

PATRICK Bom, a Mary deve vir aqui mais tarde com a Derblha, ela podia levar a van de volta pra você.

BRIDGID Você acha? Não sei... nunca contei pra ela da carta... Mas, sabe, eu não gosto de dirigir... e se eu for pega, vou me ferrar.

PATRICK Você não pode correr esse tipo de risco.

BRIDGID Só fiz isso pra você e pra sua maldita festa.

PATRICK Então fica e aproveita!

BRIDGID Foda-se... pode ser, ela vem mesmo?

PATRICK Vem, sim... depois das atividades na cidade...

BRIDGID Vamos lá então, me dá uma latinha... pra variar de ir pra casa sozinha.

PATRICK Ótimo!

BRIDGID Obrigada. Gosto da sua casa, Patrick... achei meio assustadora no começo, mas fui me acostumando... (*Olhando para Morrigu.*) Sabe, ela não é tão horrível quanto eu pensei primeiro.

PATRICK Quem?

BRIDGID Sua criatura... a estátua.

PATRICK Ahh, Morrigu!

BRIDGID (*aproximando-se do rosto dela*) Ela é impressionante, de um jeito engraçado.

PATRICK Você acha?

BRIDGID Sim, o rosto dela é... forte... sabe... mas, tipo, moderno.

PATRICK Atual.

BRIDGID É, atual... quase jovem... mas, ao mesmo tempo, você fez ela meio enrugada.

PATRICK Ela já viu muita coisa, Bridgid...

BRIDGID Mas aposto que era bonita, então.

PATRICK Sim... um dia.

BRIDGID É isso... você pegou ela num dia ruim... num dia brutal... tipo quando você está perdendo a noção... esperando... esperando... apavorado com quando a coisa vai te atingir... a abstinência... aquela primeira dor cruel... ela está tensa... esperando...

PATRICK Ela está... tensa... você acha?

BRIDGID E, sabe, nunca é tão ruim quando chega... a dor... nunca é tão ruim quanto esperar ela te atingir...

PATRICK Não.

BRIDGID (*olhando para os vários objetos de arte*) Então, quando você entrou nessa coisa toda?

PATRICK Em quê?

BRIDGID As pinturas e figuras e tal.

PATRICK Sempre estive nessa... bem antes de estudar... eu desenho desde criança...

BRIDGID Como assim?

PATRICK Eu sempre fiz isso.

BRIDGID E foi sempre, tipo, essa merda estranha?

PATRICK Não é estranha... é o que está na minha cabeça.

BRIDGID Mesmo?

PATRICK Sim.

BRIDGID (*ela vai até uma escultura bizarra*) Esta aqui é sobre o quê, então?

PATRICK Essa é minha mãe.

BRIDGID Jesus... ela deve te amar pra caralho por isso!?...

PATRICK (*Ri.*)

BRIDGID Não ri de mim... me conta... o que estava na sua cabeça quando você fez essa?

PATRICK Perda.

BRIDGID O quê?

PATRICK Perda.

BRIDGID Perda.

PATRICK Sim.

BRIDGID (*ela olha para a escultura*) Onde?

PATRICK Em tudo... é uma expressão de perda.

HUGH Nessa ou nas novas também?

PATRICK Não... foi antes de eu receber a notícia sobre a minha mãe.

HUGH Ah, certo.

BRIDGID O que aconteceu?

PATRICK O quê?

BRIDGID Com a sua mãe.

PATRICK Você não pensa, Bridgid... essas malditas perguntas.

BRIDGID Eu sei... eu faço todo mundo ficar doido... eles achavam no Programa que eu estava transferindo... se eu falar de todo mundo... não preciso falar de mim mesma.

PATRICK Isso.

BRIDGID Que saco... só sou curiosa... simples assim.

PATRICK (*Ri.*)

BRIDGID Bom, mas conta pra gente, o que inspirou esta?

PATRICK Eu já disse, minha mãe.

BRIDGID Bom, mas como?

PATRICK Era como eu me sentia antes de saber que ela tinha morrido.

BRIDGID Quê?

PATRICK Eu fiz isso aí faz muitos anos, mas tirei do armário semana passada quando me disseram que ela estava morta.

BRIDGID A sua mãe?

PATRICK Sim.

BRIDGID E você só soube semana passada?

PATRICK Sim.

BRIDGID Ai, caralho... sinto muito.

PATRICK Tudo bem... ela desapareceu há anos... saber que ela está morta torna tudo bem mais fácil.

BRIDGID Isso é tão tipicamente eu... desculpe, Patrick... estou sempre me metendo... nunca penso antes... esse é o problema... é o que todo mundo fala.

PATRICK Tudo bem, Bridgid, relaxa... a minha mãe saiu da minha vida há anos, eu só não sabia... não acredito que eu não sabia que ela estava morta... eu devia ter percebido que ela tinha morrido...

HUGH Ã-hã.

BRIDGID Não acredito que eu fiz isso, Patrick... por que eu tenho que me meter... nunca consigo parar... desculpa...

PATRICK Bridgid, tudo bem.

BRIDGID Você deve estar arrasado.

PATRICK Ao contrário.

BRIDGID E você acabou de saber, tipo...

PATRICK Sim... isso é que é incrível... a tempo da Véspera de Maio... ela devia estar tentando me dizer há anos... e agora eu sei... deve ter sido ela que me trouxe até aqui...

BRIDGID Onde?

PATRICK Knocknashee, claro.

BRIDGID Ah, certo. (*Pausa.*) Pra quê, você acha?

PATRICK Bom, essa é a questão, não é?

Pausa — Patrick fica todo animado... Bridgid não consegue entender o que está se passando. Hughie dá um gole no Poitín.

BRIDGID Ela era irlandesa... a sua mãe?

PATRICK Sim, do condado de Cork.

BRIDGID Mesmo?

PATRICK Sim.

BRIDGID Como ela era?

PATRICK Muito bonita... uma mulher bonita e corajosa.

BRIDGID Ahh.

PATRICK Ela tinha uma crina de cabelo preto incrível... e que olhos... tinha fogo nos olhos, Bridgid, mágicos... iluminavam a sala... brilhavam com histórias e vivacidade.

BRIDGID Ahh.

PATRICK Ela andava de cabeça erguida... confiante... eu sempre sabia que ela estava chegando pelo som do seu salto no assoalho polido.

BRIDGID No asilo, é?

PATRICK Sim...

BRIDGID Paraíso, ou alguma coisa do tipo?

PATRICK Lar Paraíso para Crianças Doentes... sim. A minha mãe ia me ver toda semana... seu sorriso tilintando, clique, clique, pelo assoalho, como se fosse a dona do lugar.

BRIDGID Ecoando?

PATRICK Sim... é como eu me lembro... o sorriso dela era contagioso... brilhava... me fazia rir.

BRIDGID Jesus... Ela parece incrível!

PATRICK Sim.

BRIDGID Quando a minha mãe me visitava no Abrigo Dorset, era um desastre. Todo mundo tinha pavor dela... ela nunca ligou a mínima pra mim, só ia lá pra sondar o lugar. Ela é meio doida... sempre foi... uma vaca inútil... eu não quero ser como ela pra Jess... sabe... eu não aguentava aquilo.

PATRICK Não.

HUGH Ah, não...

BRIDGID Jess é a minha filha, mister.

HUGH Ah, ela está em Navan com você então?

BRIDGID Não, está com o pai dela — mas só por enquanto, tipo —, o assistente social fala que eu não estou pronta... assistente de merda..., mas eu vou pegar ela de volta, tipo... quando eles virem que estou livre das drogas, vou pegar ela de volta.

HUGH Ã-hã.

Pausa.

BRIDGID Você ficou doente quando era criança, então, Patrick?

PATRICK Como?

BRIDGID Você deve ter ficado doente naquele lugar... o que tinha de errado com você?

PATRICK (*levanta a perna.*)

BRIDGID O quê?... Isso?... Te jogaram num asilo por causa disso?

HUGH Outros tempos.

PATRICK Mamãe não teve escolha... Meu pai nunca me aceitou...

BRIDGID Mas ela nunca tentou te tirar de lá?...

PATRICK Não... ela desapareceu.

BRIDGID Quando?

PATRICK Quando eu tinha sete anos... nunca vou esquecer. Ela ia me visitar no meu aniversário de sete anos.

BRIDGID E o que aconteceu?

PATRICK Bom, ela me visitava todo domingo, como eu falei, mas no meu aniversário era uma visita especial... aí eu sentei no portão esperando... o dia todo.

BRIDGID Ahh.

PATRICK Ela nunca chegou...

BRIDGID Jesus.

PATRICK A pobre sra. Spink teve que arrancar meus dedos das grades quando começou a escurecer. Ela teve que me arrastar de volta pra dentro, e no dia seguinte... e no outro.... mas foi isso... eu nunca mais vi a minha mãe.

HUGH Meu Deus... ela nunca mais voltou...

BRIDGID Caralho. E você nunca tentou encontrar ela?

PATRICK Eu nunca parei.... Nunca parei de escrever... o papai era diplomata, sabe, aí era fácil encontrá-los... eles tinham se mudado pro Bahrein.

BRIDGID Onde fica isso?

PATRICK Oriente Médio.

BRIDGID E ela nunca te escreveu de volta?

PATRICK Não... acho que nunca recebeu as cartas e agora... agora eu sei que estava morta.

BRIDGID Lá atrás então?

PATRICK Sim, o Lar para Crianças entrou em contato comigo semana passada pra me contar da morte do meu pai e depois eu soube que a mamãe tinha morrido três anos depois que eles saíram da Inglaterra.

BRIDGID Jesus... e como assim ninguém te contou?

PATRICK Tudo era confidencial... tinha tantas complicações com o meu pai... a posição dele e... de qualquer forma, não importa... o importante é que eu sei agora... agora eu sei onde ela está.

BRIDGID O seu pai deve ter sido um babaca.

PATRICK (*risadinha*) Talvez.

HUGH E ele não te visitava, Patrick?

PATRICK Não.

BRIDGID Eles não eram casados ou o quê?

PATRICK Ah, sim, eram casados. A minha mãe fugiu, ela me contou tudo... super-romântico... ela fugiu contra a vontade da família... Eu ficava imaginando... ela fugindo com seu cavaleiro árabe.

BRIDGID E ele teve só um filho?

PATRICK Não, de jeito nenhum. Eles tiveram outros filhos... eram bem-sucedidos, eu acho... circulavam nas altas-rodas.

BRIDGID Mas você foi abandonado...

PATRICK Ele nunca me reconheceu como filho...

BRIDGID Que loucura, né?

PATRICK Sim.

Pausa.

BRIDGID E aí, você odeia ficar nisso aí? (*A cadeira de rodas.*)

PATRICK Não... eu nunca vivi de outro jeito.

BRIDGID E você nunca mais viu ele, então... o seu pai?

PATRICK Não, no começo eu sempre perguntava por ele, mas a mamãe nunca falava nada... nunca falava a verdade... só conversa, histórias de como ela saía escondida de casa pra pegar o trem e me ver, sempre dava uma desculpa diferente... era como se fosse nosso pequeno segredo, nosso jogo... Um dia nós vamos sair escondidos para a Irlanda, ela prometeu, e lá ela ia me mostrar os fortes das Sidhe, os círculos de terra e pedra onde talvez eu tivesse vivido...

BRIDGID E ela nunca mais voltou pra ver você...

PATRICK Não.

BRIDGID Fico pensando do que ela morreu... deve ter sido horrível pra ela nunca mais te ver... é cruel ficar longe de um filho... eu sei como é, Patrick.

PATRICK Bom, é isso... agora eu vejo que ela nunca esteve longe a não ser naqueles três anos... acredito que quando ela morreu, ela voltou pra mim, Bridgid... e nunca deixamos de conversar... de contar histórias... a energia dela está aqui... nas árvores e nas colinas e nesses personagens incríveis das histórias... ela está aqui... os espíritos das pessoas que amamos estão sempre aqui... Eu sei disso agora.

Ele se dirige para o lado de fora de novo.

BRIDGID Bom, que ótimo... fico feliz por você, Patrick. (*Pausa... ela olha para Hughie.*) Acho que ele está tranquilo com isso.

HUGH Com quê?

BRIDGID A mãe dele e tal.

HUGH Ã-hã.

BRIDGID Eu e a minha maldita boca.

HUGH Ahh, com certeza...

Patrick volta para dentro.

BRIDGID Bom, tá sendo ótimo, Patrick, obrigada pelo convite... é foda ficar sozinha. Na reabilitação eles falam que eu devia começar algum curso, tipo, ocupar as minhas noites...

PATRICK Sim, talvez eles tenham razão. (*Ele está se preparando para as festividades ativamente.*)

BRIDGID Você acha... não sei... não sei quanto tempo vou ficar aqui... e eu odeio coisas novas... as caras das pessoas... não... vou falar pra pensarem em outra coisa...

PATRICK Dá trabalho pra eles.

BRIDGID Concordo... como eram as pessoas lá atrás?

PATRICK Quem?

BRIDGID Os funcionários no Lar Paraíso.

PATRICK Cristo... não penso neles há anos. Acho que eram bons. Metodistas... faziam seu melhor... às vezes íamos pra casa de pais adotivos.

BRIDGID Caralho. Eu ia odiar... era isso que eles estavam planejando pra Jess antes da mãe do Ray se meter.

HUGH Mesmo?

BRIDGID O pai dela, sim... ele ficou com a custódia quando eu pirei...

PATRICK Ele mantém contato?

BRIDGID Sim, bom, tipo, pelo Gary e tal... O Gary é ótimo, sabe... alguns funcionários me irritam, mas o Gary não. Ele trabalhava no Abrigo Dorset comigo quando eu era criança, trabalhou com a minha mãe também quando ela era criança e agora está tomando conta da Jess. Louco, né?... Ele fala que nunca teria tido um emprego se não fosse pelos Carey. Ele trouxe umas fotos novas da Jess pra mim, quer ver?

PATRICK Claro.

BRIDGID (*remexendo a bolsa*) Aqui... o que você acha?... Ela não é linda?

PATRICK É sim.

BRIDGID O Gary falou que essas foram tiradas faz duas semanas. Não acredito como ela está crescendo... está engatinhando pra todo lado, ele falou, e quase andando!

PATRICK Ela parece com você.

BRIDGID Você acha...

PATRICK Definitivamente.

BRIDGID ... mesmo?... quer ver? (*Para Hughie.*)

HUGH Ã-hã.

BRIDGID Linda, né?... ela tem só treze meses.

HUGH Linda.

BRIDGID Obrigada... ela é o máximo... eu sinto tanta falta dela... você não faz ideia... todo mundo falava que eu ia me livrar dela depois do parto... quando visse a realidade, eles falavam... tipo como a minha mãe fez comigo, até o Gary achou que eu ia fazer isso... mas eu amo ela... ela é tipo minha amiga, minha alma... ela está sempre rindo e conversando do jeito dela... tipo balbuciando e tal. Nunca me senti tão completa na minha vida... eu só... queria ela comigo, sabe... é cruel... é cruel pra caralho.

PATRICK Mantém contato, Bridgid... mantém contato e você vai conseguir ela de volta.

HUGH Ã-hã.

BRIDGID Bom, é o que é, certo... essa coisa de ficar livre das drogas... estou livre por mim e pela Jess.

PATRICK E você consegue, você está conseguindo!

BRIDGID Sim... obrigada... eu sei que estou... não quero perder contato com ela, sabe, como a sua mãe fez com você.

PATRICK Bom, você não tem que.

BRIDGID Mas fico com tanto medo... tanto medo... Patrick, sabe, e seu eu escorregar... se eu fizer uma cagada, então a Jess some pra sempre... porque eu não conseguiria lidar com isso... te digo que me mataria se eu soubesse que nunca teria ela de volta.

PATRICK Não pensa assim, Bridgid... já te falei, vence essa guerra primeiro, derrota a heroína e depois você pode lutar pela Jess.

BRIDGID Sim, você está certo... eu sei que você está certo, e falei isso no Programa... eles acharam ótimo, uma ótima maneira de ver as coisas. Tipo o que eles sempre falam, um passo de cada vez.

PATRICK É a única maneira.

BRIDGID (*limpando o nariz escorrendo*) Jesus, desculpa... e essa festa é do caralho.

PATRICK Sim... é... é importante... então melhor deixarmos tudo pronto...

HUGH Ã-hã.

BRIDGID (*Ouve-se o som de uma porta de celeiro ou alguma coisa batendo, todos os três se voltam para a porta.*) Foi uma rajada de vento ou o quê?

HUGH (*corado, porque soltou um pum*) Desculpa, acho que foram as salsichas.

PATRICK O anoitecer está chegando... sinto que as Sidhe estão por perto... (*Sai pela porta.*) "Vem, humana criança, ao folguedo! Para as águas e para o arvoredo."

BRIDGID O que ele está dizendo agora?

HUGH É um poema.

PATRICK ... "pois no mundo há tristeza demais para a tua compreensão."[21]

BRIDGID (*na porta*) Você está vendo alguma coisa?

PATRICK Ainda não.

BRIDGID (*para Hughie*) Ele não está vendo nada.

HUGH Ã-hã.

Patrick entra, animado, pega um copo de Poitín.

PATRICK Elas estão se mexendo, estão se mexendo... eu estou sentindo!

"Folhas de relva girando,
margaridas abrindo caminho,
o espinheiro sorrindo —
é a Véspera de Maio!"

Sai outra vez com seu Poitín.

BRIDGID Ele está pirando.

HUGH É a emoção.

BRIDGID É aquele maldito suco da selva.

[21] "A criança roubada" [The Stolen Child], em W. B. Yeats, *Poemas*. Trad. e intr. de Paulo Vizioli. São Paulo: Companhia das Letras, 1991.

PATRICK Venham por aqui, irmãs!

BRIDGID Não consigo ver nada.

PATRICK (*do lado de fora*) É sutil, mas está acontecendo... está acontecendo... pode ser agora Hughie... (*Volta para dentro para pegar um prato de bolinhos, que põe perto da porta e sai.*) Esta pode ser a minha grande chance!

BRIDGID De quê?

HUGH De ser levado pelas Sidhe.

BRIDGID O quê?

HUGH As fadas.

BRIDGID Eu sei o que são, mas onde ele acha que vai?

HUGH Pro mundo delas.

BRIDGID Estou sonhando, caralho?

PATRICK Você já ouviu falar de um *changeling*, Bridgid?

BRIDGID Um o quê?

HUGH Um *changeling*, um ser que é deixado no lugar de uma criança raptada pelas fadas.

BRIDGID Não... bom... sim, mais ou menos... o que é?

PATRICK (*volta para dentro*) É o que eu sou... ou o que era pra eu ser!

BRIDGID Você?

PATRICK Sim.

HUGH Dizem que as Sidhe gostam de meninas jovens ou bebês.

BRIDGID O quê?

HUGH E levam o ser mortal pro mundo delas e deixam outro ser no lugar.

BRIDGID Fala sério...

PATRICK Bom, a minha mãe recebeu umas visitas na manhã em que eu nasci, Bridgid. As Sidhe consideram que as coisas bonitas são delas, ela disse, e elas não têm limites, nem medo.

HUGH Ã-hã.

PATRICK Então viajaram até a Inglaterra, sabe, quando eu nasci... pra me tirar dela... foram pra me raptar e me levar para os fortes e para as colinas delas.

BRIDGID A sua mãe te contou isso?

PATRICK Sim, mas ela lutou... ela me amava, sabe, e não deixaria eu ser levado... ela agarrou as minhas pernas, ela disse, e puxou e gritou... foi assim que fiquei torto, ela disse... foram as Sidhe que estraçalharam a minha perna.

HUGH Elas não gostam de ser contrariadas.

PATRICK Não...

BRIDGID Jesus.

HUGH (*bastante bêbado agora*) Um jeito de trazer de volta o seu bebê, se as Sidhe tiverem roubado ele, é pôr o *changeling* que elas deixaram no lugar dele numa pá vermelha e quente, e jogar ele no estrume ou queimar ele no fogo. O *changeling* então pula de volta pro forte das fadas e a criança humana aparece no berço.

BRIDGID Caralho.

HUGH Ouvi dizer que um homem se enganou no Oeste de Meath e assou o próprio filho...

BRIDGID Aposto que a sua mãe nunca pensou em fazer isso!

PATRICK Então hoje à noite eu vou encontrá-las, Bridgid, finalmente vou encontrar as mestras do meu destino.

HUGH O homem que escuta a música das fadas na Véspera de Maio e volta... é o que dizem.... tem graça e agilidade e vai ser o rei da dança pra sempre...

BRIDGID Ele vai ser o quê?

HUGH Vai ser o rei da dança!

BRIDGID Ah, então é isso... isso que você está esperando?

PATRICK (*estupefato*) O quê?

BRIDGID Dançar... ter suas pernas curadas.

PATRICK Nunca ouvi falar disso.

HUGH É verdade... é o truque... esse dia é um dia estranho... ouve a música e você vai ficar curado.

BRIDGID Elas vão te fazer andar.

HUGH E dançar.

PATRICK Pelo amor de Deus!

BRIDGID E como é a música?

HUGH Mais doce do que qualquer som que você já ouviu.

PATRICK Você já ouviu?

HUGH Não, nem uma única nota.

BRIDGID E elas vão curar ele? As Sidhe... conseguem mesmo consertar as pernas dele?

HUGH Conseguem, com certeza.

PATRICK Puta que pariu.... é isso que você pensa? Eu esperava mais de você, Bridgid, mas você não consegue ver além, consegue, das minhas pernas... minhas pernas de merda... elas são tudo o que eu sou pra você... Você acha que eu sou um bobo... um aleijado fantasioso procurando uma cura... Isso não tem nada a ver com as minhas pernas... Esses cotocos são tão parte de mim quanto os meus sonhos, a minha voz, o meu cérebro... o que te faz pensar que eu quero me livrar deles? Você acha que eu quero ser completamente destruído... essa não é minha intenção... não é mesmo minha intenção.

BRIDGID O que é então?

PATRICK O quê?

BRIDGID Por que você quer ir?

HUGH Sim... por quê?

Pausa.

PATRICK Por causa dela... não é óbvio?

HUGH Quem?

PATRICK Que inferno, Hughie... você não me conhece mesmo.

BRIDGID A sua mãe, né?

PATRICK Sim...

BRIDGID Mas ela está morta, você disse.

PATRICK Exatamente...

HUGH Vai voltar pras Sidhe.

BRIDGID Então... então do que você está falando?

PATRICK Se ela morreu... talvez as Sidhe possam me ajudar a encontrá-la de novo... ou uma parte dela... a parte de que me lembro... seu espírito... sua música... sua mágica.

BRIDGID Isso é uma puta loucura.

Pausa. Patrick fica furioso.

BRIDGID Você não está encarando a realidade, Patrick.

PATRICK (*ri*) Conversa de terapia.

BRIDGID O quê?

PATRICK Não acredito que você esteja me jogando uma conversa de terapia.

BRIDGID Eu só estava falando...

PATRICK Bom, não fala, Bridgid... não fala... uma vez na vida, não fala, não fala nem mais uma merda de palavra.

BRIDGID Está escapulindo... é.

PATRICK Bridgid.

BRIDGID Eu não sei o que estou falando, Patrick.

PATRICK Você...

BRIDGID ... Sim. Com certeza eu estava...

PATRICK ... o que você pode me dizer sobre a realidade....

BRIDGID Quê?

PATRICK Há quanto tempo você se mantém de pé sem uma recaída. Bridgid... Quanto tempo sem fazer merda?

BRIDGID Eu...

PATRICK ...Realidade...você me dá um sermão sobre realidade... que merda você sabe sobre isso? Você nunca teve que enfrentar nada, Bridgid... tem sempre alguém pra bancar você por aí... o Gary ou o assistente social, ou a clínica, ou um médico, ou um juiz. Todo mundo dá um jeito pra Bridgid, ou ela corta os pulsos... volta pra heroína, mas você me passa um sermão sobre realidade... foda-se... fodam-se vocês dois e me deixem em paz. (*Ele sai pela porta.* Grande pausa.)

HUGH Tenho que ir agora, ver o papai, ele tem que jantar, sabe, e eu estou superatrasado. (*Sai, tropeçando.*)

Bridgid ajuda os dois.

Intervalo

Segunda parte

Bridgid ainda está na cozinha tomando cerveja da latinha, está ficando mais escuro e mais frio, ela põe o capuz. Patrick volta. Silêncio.

PATRICK Você ainda está aqui

BRIDGID Desculpa, Patrick. Desculpa que fiquei falando sem parar das suas pernas.

PATRICK Tanto faz.

Pausa.

BRIDGID Você não é um bobo.

PATRICK Deixa pra lá.

BRIDGID Eu só não entendi... eu não entendo o que você está tramando, só isso.

PATRICK Não importa.

BRIDGID Importa sim... eu te magoei... e não tinha intenção, Patrick... eu...

PATRICK Esquece isso, pode ser?

Pausa.

BRIDGID Olha, eu não acho que você é um bobo... não quero que você ache que... você não é um aleijado, porra... não mais do que eu... ou aquele fodido.

PATRICK Hughie?

BRIDGID Sim...

Pausa.

BRIDGID Eu quero te entender, Patrick... sabe... entender o que você quer dizer com as Sidhe e tal... sobre a sua mãe...

PATRICK Por que Bridgid?

BRIDGID Quê?

PATRICK Por quê?... Por que você se importa?... O que você sabe sobre mim, de qualquer maneira?

BRIDGID Eu sei que gosto de você... sei que você é decente... você se interessa por mim e pela Jess...

PATRICK Eu tenho pena de você, é isso?

BRIDGID Quê?

PATRICK Você acha que eu tenho pena de você?

BRIDGID Não... não acho... pena?... Você tem? (*Pausa. Ela vai se aproximando dele.*) Pensei que você só... sabe... pensei que eu era ok... a gente pode falar das coisas, Patrick... não só das drogas... outras coisas... pensei que a gente era amigo, só isso.

Pausa. Patrick suspira, a ignora.

Por favor, Patrick... por favor... eu pedi desculpas... a gente é amigo... eu me importo... olha, quem eu conheço por aqui... a gente se deu bem... *não* deu?... eu *não estou imaginando*... sei que você gosta de mim... com certeza, quem eu conheço? *Só conheço gente babaca em todo lugar, Patrick*... sempre estive na estrada... indo de um lugar doido pro próximo... eu quero fazer meu ninho aqui... sabe... assentar de vez... ter pessoas de verdade na minha vida... *não só assistentes sociais que me veem como um caso ou viciados que me veem como droga*... pessoas que cuidem de mim... me queiram por perto... eu, Bridgid Carey... eu.

PATRICK Ok.

BRIDGID Quê?

PATRICK Tudo bem... fica, se você quiser.

BRIDGID Ótimo... desculpa.

PATRICK Esquece isso, Bridgid, você não precisa falar isso de novo.

BRIDGID Tá bom... sabe, eu não sei porra nenhuma sobre fadas e...

PATRICK Eu sei... não importa... só achei que você pensasse diferente, só isso.

BRIDGID Bom, eu penso... eu acho que sei do que você está falando... quer dizer, você acha mesmo que elas estão por aí, não acha?

PATRICK As Sidhe?

BRIDGID Sim.

PATRICK Eu acredito no mundo espiritual, Bridgid.

BRIDGID Ahh...

PATRICK Algumas pessoas acreditam que suas famílias viram anjos quando morrem.

BRIDGID Jesus... não a minha.

PATRICK Agora eu sei que a minha mãe retornou pra dentro da terra... para a terra que ela amava.

BRIDGID Mas não tem porra nenhuma de necessidade de seguir ela até lá, Patrick.

PATRICK Bom, a decisão nem sempre é nossa...

BRIDGID Quê?

PATRICK Destino, Bridgid... o destino determina... o destino tirou a minha mãe de mim... o destino determinou que ela morresse... e agora o destino me trouxe aqui para Knocknashee...

BRIDGID Mas você está aqui, tipo, há três anos.

PATRICK Sim... duas Vésperas de Maio perdidas... mas, olha, eu não sabia... eu não ouvia os sussurros dela nas árvores...

BRIDGID Você ouve agora então?

PATRICK Sim... baixinho...

BRIDGID E o que ela está dizendo?

PATRICK Que Bloedwed[22] enganou seu marido... que Diarmuid[23] e Grainne estão apaixonados... que Aoife[24] terá um filho de Cu Chulainn...

BRIDGID As histórias, é isso?

PATRICK Sim... esse é o legado dela, Bridgid... tudo o que ela deixou.

Pausa.

22 Personagem da mitologia galesa.

23 Guerreiro Fianna que serve ao rei Fionn Mac Cumhaill e apaixona-se por Grainne, a quem conhece durante uma caçada. Grainne é prometida em casamento ao velho rei, mas foge com Diarmuid, que é perseguido e morto pelos guerreiros de Fionn.

24 Princesa guerreira da mitologia irlandesa. Derrotada por Cu Chulainn, que a enganou em combate, Aoife se apaixona por ele.

BRIDGID Não teve mesmo nenhum contato?

PATRICK Não.

BRIDGID E seus irmãos... irmãs... a família dela aqui na Irlanda?

PATRICK Duvido que saibam que eu existo.

BRIDGID Caralho... foi por isso que você começou a pintar?

PATRICK Muito bem, Bridgid... toda aquela terapia não está perdida!

BRIDGID Foi por isso?

PATRICK Sim... comecei a pintar as histórias pra lembrar dela... Eu ficava desesperado pra colocá-las em algum lugar... algum lugar em que eu pudesse segurá-las... eu queira captá-las... fazer com que fossem minhas.

BRIDGID Não deixa elas desaparecerem.

PATRICK Exato.

BRIDGID Mas você não pinta só isso, né?

PATRICK Meu Deus, não... muita água já passou debaixo da ponte... você tem que ver o que saiu do meu casamento!

BRIDGID Você é casado?

PATRICK Eu era.

BRIDGID Ah.... E de onde era sua mulher?

PATRICK Madelaine... a Madelaine é de Londres...

BRIDGID Ah, certo... ela é artista também então?

PATRICK Sim.

BRIDGID Você ainda vê ela?

PATRICK Não... de jeito nenhum... nós nos odiamos... nossa união dolorosa durou seis meses infernais, e é um tempo que eu gostaria de esquecer...

BRIDGID Foi recente então?

PATRICK Bridgid, você não para.

BRIDGID Desculpa, foi você que falou dela.

PATRICK Eu sei, eu quis fazer uma brincadeira... olha, foi há muitos anos... não significa nada agora.

BRIDGID Certo.

Patrick se serve de um copo de Poitín e volta para a porta.

BRIDGID Patrick.

PATRICK Sim.

BRIDGID Ainda tem uma coisa que eu não entendo...

PATRICK O que é?

BRIDGID Por que você quer alguma coisa com aquelas putas, se elas fizeram isso com as suas pernas?

PATRICK Porque elas são parte de mim... parte de todos nós... e nunca deveríamos ter provocado as fadas... a mamãe não deveria ter desafiado o destino...

BRIDGID Mas o que os médicos dizem, tipo... das suas pernas?

PATRICK Ah, eles têm outro rótulo pra isso, certo... uma maneira diferente de explicar...

Pausa.

BRIDGID (*pega a escultura da* Mãe *outra vez*) Talvez seu destino seja ver ela de novo...

PATRICK Sim.

BRIDGID Mas olhando pra isso eu teria medo de ela te engolir... não deixar você voltar.

Patrick sacode os ombros...

BRIDGID Você acha que talvez o destino me trouxe aqui afinal?

PATRICK Você?

BRIDGID Sim...

PATRICK Por que não?

BRIDGID Então, olha, eu acho que você é um homem bacana, Patrick... e eu não conheço muitos...

PATRICK (*Patrick não sabe como receber tais palavras... afasta-se*) Aonde o Hughie foi?

BRIDGID Dar uma olhada no pai dele.

PATRICK Ele vai estar bem... eu acho que é marmita hoje em dia.

BRIDGID Ah.

PATRICK Hughie deve ter esquecido.

BRIDGID Sim.

Pausa. Bridgid está sem graça agora porque Patrick parece ter ignorado a insinuação dela.

BRIDGID Ele é um cara engraçado, né?

PATRICK O Hughie?

BRIDGID Sim.

PATRICK Na verdade, não.

BRIDGID Ah, não engraçado, tipo haha... só um pouco estranho, sabe... ele é meio doidinho ou alguma coisa assim.

PATRICK Ah.

BRIDGID Eu acho que ele parece triste.

PATRICK Acho que sim.

BRIDGID Ele não é casado ou qualquer coisa do tipo?

PATRICK Não.

BRIDGID Ah.

PATRICK Era pra ser.

BRIDGID Mesmo?

PATRICK Sim.

BRIDGID Ele te contou?

PATRICK Deus, não.... Eu não sei nada sobre isso... mas a Derblha conhece a mulher.

BRIDGID A Derbhla, sim!

PATRICK Hughie estava noivo, parece, mas teve um surto nervoso quando era jovem.

BRIDGID Um surto?

PATRICK Sim.

BRIDGID Por causa de quê?

PATRICK Estresse com o trabalho que deram pra ele, ele estava administrando uma fazenda grande. Ele só tinha vinte anos, de acordo com a Derbhla, e ia se casar com uma garota naquele ano, e alguma coisa aconteceu com ele de repente... ele ficou doido... a mãe teve que interná-lo.

BRIDGID O quê? No hospício?

PATRICK Clínica psiquiátrica... sim...

BRIDGID E eu falando que ele é meio doidinho!

PATRICK Os médicos disseram que ele é esquizofrênico paranoico e o medicaram... ele está nessa desde aquela época.

BRIDGID Jesus, eu senti que ele, tipo, não batia bem da cabeça.

PATRICK E alguém bate?

Pausa.

BRIDGID O que aconteceu com a garota, então... o casamento?

PATRICK Não sei... ela ainda anda por aí, em Navan... eu a conheci.

BRIDGID Conheceu?

PATRICK Sim.

BRIDGID E ela casou com outra pessoa?

PATRICK Não, coração partido, aparentemente.

BRIDGID Ainda?

PATRICK Não... mas na época.

BRIDGID Não foi ela que terminou, e aí ele pirou?

PATRICK Ah, não, ela teria se casado com ele, feliz da vida, mas o Hughie não quis mais nada com ela... ele se fechou em si mesmo totalmente quando saiu da clínica, de acordo com a Derbhla... e nunca mais deu bola pra Nuala.

BRIDGID Nuala.

PATRICK Sim.

BRIDGID Meu Deus... você nunca sabe o que está acontecendo com as pessoas, né?

PATRICK Não...

Pausa.

BRIDGID Você quer que eu arrume a mesa pra você, Patrick... tipo, pra festa?

PATRICK Sim, por que não?

BRIDGID Você tem pratos?

PATRICK Do lado da cerveja. (*Ela começa a arrumar os doces etc.*)

BRIDGID A Derbhla e aquela turma vêm mais tarde?

PATRICK Espero que sim...

BRIDGID Você gosta dela, né?

PATRICK Quem?

BRIDGID A Derbhla... eu te vi com ela no café.

PATRICK Ela é ótima... eu acho que ela é muito talentosa... generosa.

BRIDGID Sim... meio, tipo, gorda.

PATRICK (*achando graça*) ... O quê?

BRIDGID Ai, ela me irrita... ela está sempre mandando... organizando todo mundo... a última dela é um tambor irlandês, sabia? Ela veio batendo aquilo hoje à tarde, chamando todo mundo pra dança das prímulas dela...

PATRICK (*Ri.*)

BRIDGID Você *já saiu com ela?*

PATRICK Com a Derbhla... você diz... romanticamente?

BRIDGID Sim... tanto faz.

PATRICK Não.

BRIDGID Ah... (*Pausa.*) Você está saindo com alguém então?

PATRICK Não.

BRIDGID Ah. (*Pausa.*) Você sai de vez em quando?

PATRICK O quê... se saio com alguém?

BRIDGID Sim.

PATRICK Claro.

BRIDGID Ah, é só que... (*Quase engasga.*)

PATRICK O quê?

BRIDGID Nada.

PATRICK O quê?

BRIDGID Nada mesmo... eu só estava pesando, tipo... pensando, tipo... pensando se... eh... eh...

PATRICK O quê?

BRIDGID Eh... se você consegue, tipo...

PATRICK O quê?

BRIDGID Aquilo.

PATRICK Fazer amor.

BRIDGID É, isso.

PATRICK Claro.

BRIDGID Ah... que ótimo!

PATRICK E você consegue?

BRIDGID O quê?

PATRICK Fazer aquilo.

BRIDGID O quê?

PATRICK Fazer amor.

BRIDGID Sim.

PATRICK Que ótimo.

BRIDGID Certo.

Pausa.

PATRICK E você está saindo com alguém?

BRIDGID Não... não. (*Pausa.*)

PATRICK Certo.

Pausa.

BRIDGID É difícil, sabe... quando você tem uma criança e tal.

PATRICK Ah... sim.

BRIDGID E o resto!! (*Risada nervosa. Pausa.*) Eles disseram no Programa que eu tinha que ficar sozinha por um tempo... tipo, me virar sozinha.

PATRICK Certo.

BRIDGID Eu acho que eu já tenho bastante coisa acontecendo sem pirar a minha cabeça com mais alguém.

PATRICK (*Concorda com a cabeça.*)

BRIDGID Sabe, parece que eu vou de um desastre pra outro de qualquer jeito... se você me entende.

PATRICK Sim.

Pausa.

BRIDGID Quer dizer, o Ray... o pai da Jess... que filho da puta... todo mundo que eu namorei foi meio filho da puta na verdade.

PATRICK Certo.

BRIDGID Eles falam no Programa que é parte do meu ciclo... tipo uma outra forma de abuso próprio.

PATRICK Certo.

BRIDGID Mas, então, por que você não está com ninguém?

PATRICK Só não estou... no momento... verdade.

BRIDGID Certo... e você queria?

PATRICK Encontrar alguém?

BRIDGID Sim.

PATRICK Ah, sim... por que não?... Se aparecer alguém.

BRIDGID Então... olha, é isso... né? Às vezes, tipo... a gente não consegue evitar.

PATRICK O quê?

BRIDGID Bom, tipo, se apaixonar... sabe... mesmo que seja uma hora ruim e tal... você pode encontrar alguém e... tipo, gostar da pessoa.

PATRICK Ah, sim.

BRIDGID Já aconteceu com você?

PATRICK Sim... é possível...

BRIDGID Olha, mas eu ficaria preocupada, tipo, se a pessoa estava interessada em mim... com toda essa merda, e eu com a Jess.

PATRICK Não vejo por que... você é uma mulher incrível, Bridgid.

BRIDGID Você acha...?

PATRICK Claro.

BRIDGID De que maneira?

PATRICK Bom... olha só pra você... você é divertida, você é bonita... você é honesta.

BRIDGID Eu?

PATRICK Claro.

BRIDGID (*riso tímido*) Obrigada... mas meio burra...

PATRICK Não... não se diminua, Bridgid... você é ótima...

BRIDGID Ótima... (*Pausa.*) Olha, eu quero conhecer gente que vale a pena, Patrick... você me entende?

PATRICK Ehh...

BRIDGID Bom, quase todos os caras da minha idade estão a fim de sexo, balada, sabe... ficar... e como eu tenho a Jess... tudo parece tão, tipo... superficial... um desperdício inútil... uma perda de tempo...

PATRICK Certo.

BRIDGID Eu acho que eu sou desconfiada, sabe... fico pensando no que o cara realmente quer... e sei que com quase todos não sou eu que eles querem... só querem transar e tal...

PATRICK Bom... isso eu entendo.

BRIDGID Mesmo?

PATRICK Bom, estar numa cadeira de rodas muitas vezes é como ser um astro de cinema... você está sempre em um show... sendo julgado... você se destaca... então, quando saio com uma mulher, eu vejo as pessoas pensando — ela é irmã dele, ou enfermeira?... Elas não entendem como uma mulher poderia simplesmente me amar... a não ser por pena, claro... e às vezes sou tão ruim quanto os que olham pra mim.

BRIDGID O quê?

PATRICK Sim, fico desconfiado também... Eu sempre me via pensando se uma mulher estava saindo comigo só pra parecer gentil e amorosa... pra ser um tipo de Madre Teresa sexual.

BRIDGID O quê?...

PATRICK (*ri*) Ah, já me dei melhor... estou quase superando isso.

BRIDGID Isso é loucura.

PATRICK Bom, eu acho que como quase todas as pessoas deficientes eu queria desesperadamente ser como todo mundo... muitas pessoas deficientes se casam cedo ou têm filhos cedo só pra mostrar ao mundo que são normais... são humanas... que têm importância.

BRIDGID Jesus... foi por isso que você casou?

PATRICK Sim... agora eu vejo. Então tento... confiar um pouco mais agora.

BRIDGID Bom, você deveria... eu consigo ver por que um monte de mulher ia querer sair com você... os seus olhos brilham...

PATRICK Quê?

BRIDGID Os seus olhos... eles brilham, brilham mesmo... eles são bonitos, Patrick... é onde a sua beleza está...

PATRICK Certo.

Pausa.

BRIDGID A gente é meio parecido... eu me preocupo porque tenho a Jess, e você porque tem a cadeira! (*Pausa.*) Você gosta de crianças?

PATRICK Ah, sim... adoro... nos damos bem porque em geral eu sou o único adulto da mesma altura delas!

Bridgid ri.

BRIDGID Você gostaria de ter os seus próprios filhos então?

PATRICK Sim, acho que sim... quando for a hora certa.

BRIDGID Certo... mas você gosta dos filhos dos outros?

PATRICK Sim... gosto, sim.

Pausa... ambos estão se entreolhando, quando são perturbados por uma comoção do lado de fora. Hughie entra, tropeçando — pálido como um fantasma.

PATRICK Hughie... tudo bem com você?

HUGH (*realmente confuso*) Ã-hã.

PATRICK Você foi até sua casa? Voltou muito rápido. Aconteceu alguma coisa?

HUGH Não... ... não.

PATRICK É por minha causa? Eu te aborreci?... Desculpa... eu estava meio cansado.

HUGH Não é você, Patrick... Jesus.

BRIDGID Bom, deve estar acontecendo alguma coisa com você.

HUGH O quê?

BRIDGID Você está péssimo! (*Ela o encara.*) O que você está encarando?... *Dá pra* parar?... Você está me assustando.

Hughie está tremendo. Transfixado.

Fala com ele pra parar, Patrick... fala.

PATRICK Hughie, por que você não senta... talvez você tenha bebido demais.

HUGH Jesus.

BRIDGID Parece que você viu um fantasma... para de me encarar, caralho.

PATRICK Está tudo bem, Hughie?... É o seu pai... tem alguma coisa errada com o seu pai?

HUGH Não... nada.

PATRICK Tem certeza?

HUGH (*quase gritando*) Ele não sabe de nada... o velho não sabe de nada... deixa ele fora disso, pelo amor de Deus.

BRIDGID Jesus.

PATRICK Calma, Hughie... tudo bem... você foi até sua casa então?

HUGH (*move-se em direção a Patrick, muito nervoso, conspirando*) ... Não posso contar a ele, Patrick... Não posso contar a vivalma... jurei pela minha morte... era uma guerra.... ele disse... Seamie disse que era uma guerra.

BRIDGID O quê?

PATRICK Olha, é melhor você sentar, Hughie.

HUGH É uma guerra.

PATRICK Tudo bem.

HUGH Ele está lá no pântano.

PATRICK Quem?

HUGH O garoto.

PATRICK Que garoto é esse... quem está lá, Hughie... você encontrou alguém no caminho pra casa?

HUGH Ah, Jesus.

PATRICK O quê?

HUGH É o garoto, Patrick. Ele está lá... ele voltou... Jesus amado, Patrick... ele voltou.

PATRICK Quem, quem voltou?

HUGH (*encarando Bridgid*) ... O garoto... o garoto de capuz... ah, Jesus.

PATRICK Você tem que se acalmar, Hughie... larga o Poitín.

HUGH Eu nunca mais vi ele, sabe... por quase trinta anos... mas agora o rosto dele... o rosto dele está lá no pântano...

PATRICK Mas o rosto de quem, Hughie... de quem você está falando?

HUGH O garoto... o garoto... e agora ele está na foto... na foto lá embaixo no pântano, onde eles estão cavando...

PATRICK Onde eles estão o quê?

HUGH Cavando... onde eles estão cavando... cavando, Jesus amado.

PATRICK Os guardas?

HUGH Alguém pôs uma foto do garoto lá e amarrou com flores no lugar que eles estão cavando, Patrick... pro garoto... as flores estão murchando agora... talvez a mãe dele pôs elas lá, seu pobre filho... e ele debaixo do pântano.

BRIDGID Jesus Cristo, Patrick... os guardas... é isso que ele está falando... onde os guardas estão cavando pra procurar aquele cara do Norte.

HUGH Alguém pôs a foto lá... eu vi no meu caminho pra casa... uma foto daquele garoto sorrindo... sorrindo... sorrindo diante da morte... (*dirigindo-se a Bridgid*) jovem como você e de capuz... na foto ele está de capuz.

BRIDGID Fica longe de mim, mister.

HUGH Era um casaco de frio com capuz forrado de pele... eu tinha um também... e ele sorrindo...

PATRICK Hughie...

HUGH Oh, Jesus... o que eu fiz... loucura, olha... a loucura desta noite... essas fadas malditas, Patrick... as Sidhe... elas se divertem...com o malfeito... o que a gente incitou?

PATRICK Calma, Hughie... calma... isso não tem nada a ver conosco... ou com as Sidhe... (*Sai, tropeçando pela porta.*)

HUGH Você não vê... foram elas que fizeram eu ver... a foto no caminho de casa... elas que fizeram eu olhar pro rosto dele... e elas rindo... rindo... elas são um bando perigoso... eu te falei. (*Ele sai pela porta.*)

BRIDGID Ele está totalmente doido.

HUGH Ah, Jesus Cristo... Jesus amado... por que você me atormenta agora?... Eu tenho que enterrar ele de novo e de novo, é? E me enterrar também com aquele pobre garoto?

PATRICK Hughie... calma... não tem ninguém lá...

BRIDGID Ele está ficando doido, Patrick... melhor deixar ele ir...

HUGH Você... você... foi você que contou pra eles? Olha o rosto dele... o rosto dele... aquele rosto lindo... ele é feito você.... tão jovem... só um garoto... o rosto lindo de um garoto jovem.

BRIDGID Sai daqui, sai! (*Lutando com ele.*)

HUGH Ele voltou... ele voltou agora... pra me provocar, ele voltou...

PATRICK Ninguém voltou, Hughie... você está nervoso... solta a Brigid... Ela não tem nada a ver com isso, Hughie...

HUGH Mas eu conheço aquele capuz... o capuz na foto, Patrick... ele estava de capuz... naquela noite... forrado de pele... um casaco de frio e todo aquele sangue... Ah, Jesus, Jesus... o que eu fiz? (*Ele agarra Bridgid, ela fica aterrorizada, lutando para se livrar dele.*) Não lute... não lute... isso só faz eles ficarem com raiva... eles vão atirar em você, filho... Ah, Jesus, atirar na sua cabeça!

BRIDGID Jesus, tira ele daqui.

HUGH (*ainda agarrando Bridgid*) Mas o cheiro dele é tão doce... tão fresco... ele ainda é o mesmo... jazendo lá no pântano.

BRIDGID Pelo amor de Deus... Patrick.

PATRICK Cristo, Hughie... solta ela... senta, senta aí... calma... se acalma aí.

HUGH Mas... é uma guerra, ele falou... uma guerra.

PATRICK (*Hughie solta Bridgid. Patrick o acalma*) Eu sei que é uma guerra, Hughie... eu sei, mas acabou agora... acabou... vem cá, vamos sentar e conversar sobre isso tudo.

HUGH Estou atormentado, Patrick... e agora ele voltou pra sorrir... eu nunca tinha visto o sorriso, entende... o que me salvou... Nunca tinha visto o rosto até hoje à noite... a bala tinha levado ele, sabe... levou o rosto doce e lindo dele.

BRIDGID Jesus.

PATRICK Só me conta o que aconteceu, Hughie.

HUGH Eu estava andando pra casa pelo pântano.

PATRICK Sim.

HUGH E lá estava ele, Patrick... num porta-retratos branco.

PATRICK Numa foto.

HUGH Sim... eu sabia o que estava chegando.... eu sabia... eu podia sentir... como você disse... quase fiquei louco com a escavação... e o falatório... todo o falatório... o falatório sobre quem era e o que os guardas iam achar... estava chegando, e o meu trabalho me mantendo são... mas eu sabia que eu não ia conseguir impedir... (*para Morrigu*) impedir ela de me pegar de novo... me estrangular nas suas saias.

PATRICK Cristo, Hughie... você vai ter que se acalmar...

HUGH Eu não posso agora, Patrick... você não entende?... Eu vi ele agora... na foto... consegui ver ele de noite no lugar onde eles acham que ele jaz... mas é o lugar errado, Patrick... a margem errada, e eu sabia o tempo todo... ele está ali pra cima da encruzilhada, está... do lado do carvalho murcho.

BRIDGID Jesus.

PATRICK Há quanto tempo você sabe disso, Hughie?

BRIDGID Pelo amor de Deus... você é louco de pedra?... Ele está falando daquele corpo, né?... Ele deve ter matado ele, caralho...

HUGH Não.... Nããããããooooo.

PATRICK Para com isso, Bridgid...

BRIDGID Vou dar o fora daqui. (*Mas ela não se move.*)

PATRICK Tudo bem, Hughie... vai dar tudo certo.

HUGH Eu não atirei... eu não conseguiria matar... fala pra ela, Patrick... fala pra todo mundo que eu não sabia, entende... eu não sabia que era um homem.

PATRICK Claro que você não sabia, Hughie... tudo bem... acabou agora... não tem mais guerra.

HUGH O Seamie me pediu pra achar um esconderijo... ele precisava de um bom lugar pra enterrar, eu pensei que era pra armas... pra armas, estou te dizendo... não pra um garoto.

PATRICK Eu sei.

HUGH Eu tinha que fazer aquilo pelo Seamie, sabe, ele é meu primo... a gente jogava bola quando era criança em Donegal... eu tinha que fazer... tinha que ajudar ele, mas pensei que a gente estava enterrando armas...

PATRICK Cacete.

BRIDGID Isso é insano... ele matou o garoto ou o quê?

HUGH (*se levanta na direção dela*) não... não... Eu não conseguiria usar uma arma... fala pra ela, Patrick, fala.

PATRICK Tudo bem, Hughie, ela sabe.

HUGH ... ele estava morto quando eles chegaram, quando abriram o porta-malas do carro... Jesus... um rapaz tão jovem... só um garoto... eu pensei que era pra armas... eles chegaram na calada da noite... eu todo animado vigiando a rua... o grande homem... ah, o grande homem... HUGHIE DOLAN, bicho corajoso... lutando por sua fama.

PATRICK Tudo bem.

HUGH Claro que eu estava puta orgulhoso... cheio de bravura... alguma coisa pra me gabar.

PATRICK Eu sei.

HUGH ... Jesus... Eu pensei que eram armas que eles estavam escondendo... pensei que estavam enterrando armas, e aí o Seamie abriu o porta-malas... Jesus... um rapaz magro sem vida... com um capuz... mas sem rosto... e eu enterrei ele... enterrei ele naquele pântano... eu enterrei o garoto e enterrei os meus sonhos naquele pântano. (*Lágrimas caindo.*)

Pausa. Grande pausa.

PATRICK Hughie, alguma vez você contou isso a alguém?

HUGH Não.

BRIDGID O maldito ira matou ele, né?

PATRICK Alguém te viu hoje à noite... voltando do pântano?

HUGH Não.

PATRICK Bom.

BRIDGID Não fala nada... se eu fosse você, eu...

PATRICK Espera aí, Bridgid... dá um minuto pra nós... só nos dá um minuto e vamos tentar resolver isso.

HUGH Eu não consigo, Patrick... não... não consigo ir dormir mais uma noite e ver aquele rosto... estava sem expressão antes, mas agora está sorrindo... não consigo... eu teria medo de fechar meus olhos.

BRIDGID Quem foi que matou ele?

PATRICK Bridgid!

HUGH O Seamie... os caras... talvez todo mundo... com o silêncio, com a guerra.

BRIDGID Pobre garoto.

HUGH Ainda estava quente ele... ainda quente nos meus braços.

PATRICK O que você quer fazer, Hughie?

HUGH Acabar com isso... acabar com isso, Patrick... trazer ele pra casa.

BRIDGID Você vai contar pros guardas?

PATRICK Quê?

BRIDGID Vai contar?

HUGH É o único jeito... preciso ir, ir e contar pros guardas...

BRIDGID Mas eles podem te prender.

PATRICK Não, Hughie... agora não... está tarde da noite agora... só senta aqui com a gente. Nós vamos com você de manhã... explicar como foi.

BRIDGID Sim... a gente vai com você, Hughie... não se preocupe.

PATRICK Tem uma anistia agora.

BRIDGID Sim.

PATRICK E a polícia deve estar falando com as pessoas agora pra ter uma ideia de onde cavar. Talvez o Seamie, Hughie... eles podem estar falando com o Seamie?

HUGH Não, o Seamie se foi... levou um tiro um pouco depois.

PATRICK Cristo.

HUGH A pobre cabeça dele estava cheia com a guerra.

PATRICK Sim.

BRIDGID A gente pode mandar uma carta anônima, tipo, contando pra eles onde o corpo está.

HUGH Não. Já faz muito tempo... muito tempo que isso se agarrou a mim... me mordeu quase até a morte... quero ser eu que vai desenterrar ele... que vai levar ele pra casa.

Pausa. Bridgid pega sua cerveja. Hughie está de volta no sofá, e Patrick dá um copo de Poitín a ele. Os três estão parados e quietos.

BRIDGID Eu queria que a Jess estivesse aqui comigo agora.

PATRICK Sim.

BRIDGID Ela é bem fofa... Ela daria um abraço na gente.

PATRICK (*baixinho*) Sim.

BRIDGID Você está fazendo a coisa certa, Hughie... você vai dar alguma paz pra mãe dele.

HUGH Ã-hã.

BRIDGID Eles podem encerrar tudo, eu acho... é o que eles querem fazer agora, né?

HUGH Ã-hã.

BRIDGID Ponto pra você.

HUGH Ótimo.

BRIDGID Bom, quando eu pegar ela de volta, eu vou fazer a Jess te dar um especial... os abraços dela vão soprar vida de volta pra você.

Hugh está calado, pausa. Uma música começa a tocar bem baixo — uma bonita música de gaita que, enquanto a peça se aproxima do fim, vai aumentando como em uma festa... Patrick olha para Bridgid.

BRIDGID (*inquieta*) Ah, Jesus... é tudo que a gente precisa... a Derbhla... ela e a sua maldita tribo de druidas.

Patrick vai até a porta.

Consegue ver eles chegando?

PATRICK (*na porta*) Não.

BRIDGID Quem é então?
Silêncio... ela vai até a porta.

Patrick... você não vai, né, Patrick... você não pode... eu e o Hughie, a gente precisa de você aqui... a gente quer você aqui. (*A música aumenta de volume... Bridgid agarra Patrick, o beija.*) Fica aqui, porra, fica... eu não vou deixar você desaparecer de jeito nenhum... (*A música aumenta, os personagens congelam, enquanto a luz diminui e se apaga.*)

FIM

POSFÁCIO

Beatriz Kopschitz Bastos
Lúcia K. X. Bastos

Na peça *Knocknashee, a colina das fadas*, de autoria de Deirdre Kinahan, três personagens revelam seus segredos e suas histórias de vida, buscando solidariedade e compreensão: Patrick, um artista plástico em cadeira de rodas; Bridgid, uma jovem que participa de um programa de reabilitação para dependentes químicos; e Hugh, um homem solitário com questões de saúde mental. A peça se passa na Véspera de Maio, um festival pagão em que, supostamente, um portal para o mundo das fadas se abre. O desaparecimento é motivo metafórico e factual no drama, e o espaço da peça — o vilarejo de Knocknashee, o pântano, as colinas e os fortes de fadas —, igualmente real e mágico. As fadas, ou Shides, desapareceram no mundo subterrâneo após terem sido derrotadas pelos milesianos, os ancestrais dos celtas, na mitologia irlandesa. Patrick desaparece no fim da peça sem explicação; sua mãe havia desaparecido sem dar notícias. Hugh lida com o trauma de ter participado de uma ocultação de cadáver em um pântano da região, na época dos chamados *Troubles*, os conflitos da Irlanda do Norte na segunda metade do século XX. Bridgid, por sua vez, não pode ter contato com sua filha, Jess, cuja guarda perdeu devido à dependência química, e vive a angústia do desaparecimento da filha de sua vida.

Knocknashee estreou no Civic Theatre, em Dublin, em 24 de janeiro de 2002 e figurou entre as peças finalistas do prêmio Stewart Parker em 2003. No Brasil, a peça ganhou uma leitura dramática, no V Ciclo de Leituras da Cia Ludens — *Teatro irlandês, protagonismo e deficiência* —, realizado na Escola Superior de Artes Célia Helena, em 4 de outubro de 2023.

A peça é considerada por Patrick Lonergan, crítico literário e professor de University of Galway, "uma das primeiras obras irlandesas a abordar respeitosamente a questão da deficiência" (2019, p. 199, nossa tradução). Dessa forma, *Knocknashee, a colina das fadas*, encaixa-se no projeto em que esta publicação está inserida, descrito na introdução, incluindo peças com foco em protagonistas com deficiências, surgidas desde o início do século XX até os dias de hoje, como um divisor entre dois séculos, não só temporalmente, mas também no que diz respeito ao tratamento do tema do projeto.

Premiada dramaturga nascida em Dublin, em 1967, com mestrado em drama pela University College Dublin, agora residente no condado de Meath, Deirdre Kinahan tem se dedicado profissionalmente ao teatro desde 1997, quando fundou a companhia Tall Tales, que dirigiu até 2012. Conforme aponta Lonergan, "ela surgiu nos anos 2000 como forte exemplo de uma nova geração de artistas de teatro que, em vez de esperar que as grandes companhias os 'descobrissem', simplesmente começaram a produzir seu próprio trabalho" (Ibid.). Hoje, Kinahan atua predominantemente no Abbey Theatre, Fishamble Theatre Company e Landmark Productions, na Irlanda, mas também colabora com teatros nos Estados Unidos, Reino Unido e Europa continental. Em 2025, ela visita o Brasil pela primeira vez, para a leitura dramática da peça *An Old Song, Half Forgotten* – traduzida por Domingos Nunez como *Uma velha canção, quase esquecida* –, realizada pela Cia Ludens, no Museu da Imagem e do Som, em São Paulo.

Uma das vozes mais originais do teatro irlandês contemporâneo, Kinahan aborda temas de conteúdo histórico, bem como folclore e questões do contexto irlandês contemporâneo, frequentemente por meio de micro-histórias de personagens marginalizados, como Patrick, Hugh e Bridgid, em *Knocknashee*. Seu interesse está na retratação da vida dos excluídos, dos não privilegiados. Ela acredita, porém, "no poder de recuperação, revelação e transformação da arte" (Németh, 2022, p. 205) e desenvolve temas complexos por meio de personagens que confrontam seus traumas emocionais em "jornadas de autorrevelação, do isolamento à integração, da hostilidade ao perdão" (Ibid.).

Sua obra é publicada pela renomada editora Nick Hern, mas, apesar do sucesso de Deirdre Kinahan nos palcos da Irlanda e no contexto internacional, há pouquíssima literatura sobre seu trabalho, com certeza uma falha na fortuna crítica destinada ao teatro irlandês contemporâneo, considerando a relevância e a envergadura da dramaturga hoje. *"I love craft. I love the word": The Theatre of Deirdre Kinahan*, coletânea de ensaios editada por Lisa Fitzpatrick e Mária Kurdi e publicada por Peter Lang e Carysfort Press, em 2022, é o primeiro livro a abordar o trabalho de Kinahan. Com introdução, dez artigos, uma entrevista, prefácio, links para resenhas e fotografias, o volume presta justa homenagem à autora.

Esperamos que este volume faça também seu papel nesse sentido, divulgando essa peça tão significativa entre falantes de português, ainda que com os impasses que a tradução impõe. Conforme afirma Susan Sontag, em *The World in India*, conferência a respeito de tradução literária, proferida em Londres em 2002,

> Há exigências que derivam da natureza da literatura como forma de comunicação. Há a missão de tornar conhecidas de um público amplo obras consideradas essenciais. Há a dificuldade de passar de uma língua a outra. E há a impraticabilidade particular de certos textos; existe, de fato, algo de inerente à obra e totalmente estranho às intenções ou ao conhecimento do autor, uma característica que emerge quando se inicia o vaivém das traduções e que, na falta de um termo melhor, chamamos de traduzibilidade. (2004, pp. 13-4, nossa tradução)

A tradução de *Knocknashee* não se deu, entretanto, sem algum desafio. Certa falta de pontuação no texto original, talvez por se tratar de uma peça ainda não publicada em inglês, não impossibilitou que, no texto em português, se optasse por uma pontuação própria — afinal, a pontuação também é traduzida quando se passa de uma língua para outra. No limite, o tradutor sempre escreve, em sua versão, o que leu no autor; ou seja, o tradutor transporta sua leitura para o texto que escreve, e isso independentemente da marca do autor (nesse caso, a pontuação) estar lá presente. No estabelecimento de uma "pontuação" própria, buscamos fluidez, característica imperativa em um texto de teatro, que é a soma de várias conversas, quase sempre sem narrações e com poucas descrições.

Especificamente nesta tradução, a fluidez efetuou-se também por meio de cortes ou substituições, pela escolha de vocábulos e estruturas sintáticas mais informais, ou pelo estabelecimento de algum tique na fala dos personagens. Parte dessas escolhas, como o uso de tiques, informalidades e, principalmente no caso dos personagens Hugh e Bridgid, certo afastamento da chamada norma padrão, já constava, na verdade, no original.

Observa-se, quanto à diferenciação do registro de fala dos personagens em relação à norma padrão, que Patrick, artista plástico dotado de educação formal, exibe uma fala mais próxima da norma, ainda que com traços de oralidade. Bridgid, jovem de Dublin que vivia em um meio de dependentes químicos, usa uma linguagem mais espontânea e informal, frequentemente com palavras de baixo calão, e um dialeto denominado *Hiberno-English* — o inglês falado na Irlanda, com características conforme a região da Irlanda em que é falado ou conforme o grupo social que o usa. No caso de Bridgid, o dialeto guarda marcas urbanas. Hugh, por sua vez, expressa-se também por meio do *Hiberno-English*, mas de caráter rural.

Para as falas de Hugh e Bridgid, caracterizadas por variantes de *Hiberno-English*, evitamos uma regionalização em língua portuguesa, opção que acarretaria uma *domesticação* geral do texto, para usar o termo proposto por Lawrence Venuti (2018), que sugere duas estratégias tradutórias: estrangeirização (maior aproximação do texto original ou de partida) e domesticação (maior aproximação do texto traduzido ou de chegada da cultura de chegada). Em nossa escolha, principalmente, pela estrangeirização, mantivemos todos os topônimos e antropônimos, mas a tradução do *Hiberno-English* impôs-se como um desafio, para cuja solução o *Dictionary of Hiberno-English* (2020), compilado e editado por Terence Patrick Dolan, foi recurso de especial relevância. O *Hiberno-English*, ainda que com muitas variantes regionais, exibe vocabulário, gramática e pronúncia específicos. Em algumas situações foi possível encontrar correspondência gramatical em português; em outras, apenas o afastamento da norma padrão distingue a fala do personagem.

Além disso, o vocabulário relativo à mitologia irlandesa, bastante presente na peça, poderia vir a ser um obstáculo para o leitor no Brasil. Optamos, assim, pela inclusão de notas de rodapé tendo como fonte *A Dictionary of Irish Mythology* (1987), de Peter Berresford Ellis, e, em algumas ocorrências, por explicações no próprio texto. Respeitamos, contudo, a grafia do texto de Kinahan, embora houvesse alguma discrepância de ortografia em relação ao dicionário. Igualmente, eventos e personagens da história da Irlanda, sobretudo aqueles relacionados aos chamados *Troubles*, ligados aos problemas de saúde mental de Hugh, mereceram notas de rodapé.

Dessa forma, acreditamos ter conseguido *traduzir* para o público brasileiro o que aparentava ser, por vezes, intraduzível, alcançando o ritmo, a fluidez — e o valor — desejados em língua portuguesa, pois, novamente como pontua Susan Sontag,

Até escolhas que poderiam ser consideradas meramente linguísticas implicam sempre parâmetros éticos, a ponto de que a própria atividade de traduzir se torna veículo de valores tais como integridade, responsabilidade, fidelidade, audácia, humildade. A visão ética da tarefa do tradutor deriva da consciência de que se trata essencialmente de uma missão impossível, se por tradução se entende a capacidade de tomar um texto escrito por um autor em uma língua, e transportá-lo, intacto, e sem perdas, a uma outra. (2004, p. 12, nossa tradução)

Em alguns momentos, a opção última foi omitir algum termo ou expressão, o que se deu no caso de não haver, em língua portuguesa, uma palavra com o escopo do original, ou substituí-lo, se houvesse expressão correspondente em nossa língua, recorrendo-se ao procedimento técnico da equivalência. A omissão ou substituição de uma palavra ou expressão não ocasiona, todavia, falta no texto, desde que o conteúdo esteja presente. Há um exemplo interessante desse ponto em uma nota de Maria Helena Kopschitz (2014, pp. 31 e 33), na tradução da frase final de *Come and Go* (*Vaivém*), de Samuel Beckett:

Para a frase final, algo enigmática no original [literalmente "Posso sentir os anéis"], propõem-se duas soluções viáveis em português: 1) Se o movimento das três personagens lembra as formas lúdicas (as brincadeiras de "telefone sem fio" e o anel passado entre as mãos fechadas para virar adivinhação), a pergunta "Com quem está o anel?" mobiliza a plateia e serve de metáfora para "Quem vai morrer primeiro?"; pergunta que o contexto sugere não só em relação às três amigas como a todos nós, de forma indireta mas plausível. 2) "Vão-se os dedos. Ficam os anéis." A morte leva a carne, ficam os anéis, símbolos do caráter transitório e vão da vida humana.

Quem lê a peça *Knocknashee* vivencia, no fim, um misto, quase beckettiano, de dúvida, medo e solução da situação dramática: Patrick desaparece, e não fica explícito se ele desaparece com as fadas. Dessa forma, também no processo de tradução, não se tem precisão absoluta. No entanto, no emaranhado das línguas, a tradução acontece, perfeita ou imperfeitamente.

Lembramos, então, a boneca Emília, em *O minotauro*, de Monteiro Lobato, que, curiosamente, diz não precisar do que ela denomina intérprete. A esfinge vai falar grego e um heleno vai interpretar ou vai traduzir, mas Emília não precisa dele. Muito ao contrário, é ela quem vai lhe sussurrar a solução da charada proposta pela esfinge. Ou seja, a tradução — tarefa que parece impossível levando-se em conta a diferença entre o arcabouço de duas línguas — seria também, a se concordar com a postura da independente Emília, Marquesa de Rabicó, ainda dependente do leitor: o intérprete final.

REFERÊNCIAS BIBLIOGRÁFICAS

DOLAN, Terence Patrick. *A Dictionary of Hiberno-English*. [1998]. 3. ed. Dublin: Gill Books, 2020.

ELLIS, Peter Berresford. *A Dictionary of Irish Mythology*. [1987]. Oxford: Oxford University Press, 1991.

KURDI, Mária. "Introduction". In: FITZPATRICK, Lisa; KURDI, Mária (Orgs.). *"I love craft. I love the word": The Theatre of Deirdre Kinahan.* Oxford: Peter Lang, 2022, pp. 1-7.

KOPSCHITZ, Maria Helena. *Passos.* Org. de Maria Teresa Kopschitz de Barros e Maria Thereza Peixoto Kopschitz. Niterói: ZIT Gráfica, 2014.

LOBATO, Monteiro. *O minotauro.* In: *Obra infantil completa.* v. 6. São Paulo: Brasiliense, 1975, pp. 1223-321.

LONERGAN, Patrick. *Irish Drama and Theatre since 1950.* Londres: Methuen, 2019.

NÉMETH, Lenke. "Moments that Matter: *Hue & Cry* and *Moment* by Deirdre Kinahan and American Family Drama". In: FITZPATRICK, Lisa; KURDI, Mária (Orgs.). *"I love craft. I love the word": The Theatre of Deirdre Kinahan.* Oxford: Peter Lang, 2022, pp. 205-28.

SONTAG, Susan. *Tradurre letteratura.* Trad. de Paolo Dilonardo. Milão: Archino, 2004.

VENUTI, Lawrence. *The Translator's Invisibility. A History of Translation.* [1995]. 3. ed. Nova York: Routledge, 2018.

Cronologia da obra de DEIRDRE KINAHAN

PEÇAS PARA TEATRO (data da primeira produção)

1999 *Bé Carna*
2000 *Passage*
2002 *Knocknashee*
2003 *Attaboy Mr Synge*
2009 *Moment*
2010 *Bog Boy*
2012 *Halcyon Days*
2014 *Spinning*
2016 *Wild Sky*
2017 *Lydia Glynn*
2018 *Wild Notes*
2018 *Crossings*
2018 *Rathmines Road*
2018 *The Unmanageable Sisters*
2020 *The Bloodied Field*
2020 *Embargo*
2021 *The Saviour*
2021 *The Visit*
2022 *Outrage*
2022 *Bloody Yesterday*
2023 *An Old Song, Half Forgotten*
2023 *Tempesta*

PEÇAS CURTAS PARA TEATRO

2005 *Melody*
2007 *Hue & Cry*
2011 *The Fingers of Faverhsam*
2011 *Transgressor*
2012 *Broken*
2013 *Protest*
2017 *Renewed*
2018 *Wild Notes*
2018 *YES!*
2020 *In the Middle of the Fields*
2020 *Dear Alex*
2020 *Jane*

PEÇAS PARA RÁDIO

2008 *Bogboy*
2014 *The Bag of Ballyfinch Place*

PEÇAS PARA CRIANÇAS

2004 *The Snow Child*
2008 *Maisy Daly's Rainbow*
2016 *Born*
2018 *Me & Molly & Moo*

ADAPTAÇÕES

2003 *The Tale of The Blue-Eyed Cat*
2013 *Mary Lavin Stories*
2018 *The Unmanageable Sisters*

SOBRE AS TRADUTORAS

BEATRIZ KOPSCHITZ XAVIER BASTOS recebeu o Presidential Distinguished Service Award do governo da Irlanda na categoria Artes, Cultura e Esporte, em 2023. É membro permanente do Programa de Pós-Graduação em Inglês e vice-coordenadora do Núcleo de Estudos Irlandeses da Universidade Federal de Santa Catarina. É graduada em Letras (português/inglês/francês) pela Universidade Federal de Juiz de Fora, mestre em Inglês pela Northwestern University e doutora em Estudos Linguísticos e Literários em Inglês pela Universidade de São Paulo. Desenvolveu duas pesquisas de pós-doutorado na Universidade Federal de Santa Catarina, nas áreas de teatro e cinema irlandês. Foi pesquisadora visitante em University College Dublin, University of Galway e Trinity College Dublin. Compõe o Ulysses Council no Museum of Literature Ireland (MoLI), em Dublin, e a diretoria-executiva da International Association for the Study of Irish Literatures (IASIL). Suas publicações, como coeditora e organizadora, incluem: *Ilha do Desterro 58: Contemporary Irish Theatre* (2010); a série bilíngue A Irlanda no Cinema: Roteiros e Contextos Críticos (Humanitas; EdUFSC, 2011-2022); Coleção Brian Friel (Hedra, 2013); Coleção Tom Murphy (Iluminuras, 2019); *Ilha do Desterro 73.2: The Irish Theatrical Diaspora* (2020); *Contemporary Irish Documentary Theatre* (Bloomsbury, 2020); e uma série de peças irlandesas com protagonismo de personagens com deficiências (Iluminuras, 2023-2025). É uma das diretoras da Cia Ludens e foi uma das curadoras da exposição Irlandeses no Brasil, realizada pelo Consulado Geral da Irlanda, na Biblioteca Nacional no Rio de Janeiro, em 2023.

LÚCIA KOPSCHITZ XAVIER BASTOS é graduada em Letras (português/inglês) pela Universidade Federal de Juiz de Fora e é mestre e doutora em Linguística pela Universidade Estadual de Campinas (Unicamp), onde, por duas décadas, foi docente do Instituto de Estudos da Linguagem (IEL). É autora de *Coesão e coerência em narrativas escolares* (Martins Fontes, 1994) e *Anotações sobre leitura e nonsense* (Martins Fontes, 2001), e coautora de *A produção escrita e a gramática* (Martins Fontes, 1986). Traduziu "A teoria estética e os estudos críticos", de R. Scholes e M. G. Corcoran, que faz parte dos *Riverrun: Ensaios sobre James Joyce*, publicação organizada por Arthur Nestrovski (Imago, 1992). Suas pesquisas e palestras enfocam questões de leitura e sentido. Tem uma vasta experiência em vestibulares e outros exames seletivos de língua materna e estrangeira, produzindo diversos artigos e relatórios acerca desse tema. Coordenou por quatro anos o setor de publicações do IEL-Unicamp. Participou ativamente de bancas e comissões, proferiu palestras, escreveu relatórios e artigos — atividades inerentes a seu trabalho de docência universitária.

As tradutoras agradecem a Maria Augusta Bastos de Mattos e a José Roberto O'Shea.

Este livro foi publicado com o apoio de

Ireland - Brazil
Irlanda - Brasil

Ambasáid na hÉireann | An Bhrasaíl
Embassy of Ireland | Brazil
Embaixada da Irlanda | Brasil

Ard-Chonsalacht na hÉireann | São Paulo
Consulate General of Ireland | São Paulo
Consulado-Geral da Irlanda | São Paulo

A *Iluminuras* dedica suas publicações à memória de sua sócia Beatriz Costa [1957-2020] e a de seu pai Alcides Jorge Costa [1925-2016].